LOCUS

LOCUS

LOCUS

LOCUS

catch

catch your eyes；catch your heart；catch your mind……

catch 283

不知道的都叫樹

作者：古碧玲
責任編輯：張晁銘
封面設計：許慈力
內文排版：許慈力
校對：Y.Z.CHEN
照片、畫作提供：古碧玲
出版者：大塊文化出版股份有限公司
105022 台北市松山區南京東路四段 25 號 11 樓
www.locuspublishing.com
讀者服務專線：0800-006689
TEL：(02) 87123898　FAX：(02) 87123897
郵撥帳號：18955675
戶名：大塊文化出版股份有限公司
法律顧問：董安丹律師、顧慕堯律師

總經銷：大和書報圖書股份有限公司
新北市新莊區五工五路 2 號
TEL：(02) 89902588　FAX：(02) 22901658

初版一刷：2022 年 6 月
初版二刷：2022 年 7 月
定價：新台幣 480 元
ISBN：978-626-7118-49-8
Printed in Taiwan

不知道的都叫樹

My Plant Friends

古碧玲
著

目錄

四＊旅途的

五＊餐桌上的

六＊夢想的

推薦序

從不知道名字的都叫草說起

郝明義

一九八七年底，我進中國時報集團，準備負責一本周刊的改版。但才到職，報禁就開放，報社的重點集中到新創一份晚報，引介我進時報的余範英小姐告訴我，余先生要把周刊收起來，改派我去其他部門。

我去見余紀忠先生，請他給我一次機會，讓我至少改一期的版再收。

余先生問我需要多少準備時間，我說不需要準備時間，下周這一期就改。

余先生很爽快地答應說好，也加了一句：「那你改完之後不能走。」

這樣我眞正接手了總編輯的工作，立馬站上火線。

也在這一個星期裡，周刊裡原來幾位副總編輯和資深編輯都臨時有事請假，我就整合同事，也善用海外特派員的資源，完成了那一期改版。吳勝天負責美術設計，高重黎負責攝影調度，尤其給了雜誌新的視覺美感。

改版後余先生就要周刊再多做了半年多，然後派我去時報出版公司。

在那本周刊改版期間，我開始和一些同事逐漸熟悉，也建立起革命情感。古碧玲正是其一。

當時她是跑文化線的新手記者，我印象深刻的，就是她對工作任務的分派經常自告奮勇之外，對什麼事情都充滿好奇。對事情好奇，對人當然也就好奇，很容易就哈拉起來。

報社、周刊的同事大多有宵夜習慣，中國時報附近就是萬華夜市，加上一九八〇年代末的台北又到處催生各式新奇的夜生活，所以我們就也有了各種機會給下班之後的時間找出再聚一下，再喝一杯的理由。還沒出刊，忙著趕稿的日子有理由；出刊了之後該慶祝一下，當然就更有理由。

綽號波波的古碧玲，酒量並沒有多好，但是她總會和我們一起出動。我也相信今天要回憶起那段日子各種呼答拉的場面，古碧玲記得的肯定比我多。

因爲和古碧玲工作得很愉快，等周刊收起來，我去時報出版公司的時候，就找了她一起去。只是開始我都忙於做些整頓工作，沒多久，她說覺得無聊，還是想去跑新聞，就又回報社。不但回去，她還善用時間，在遼寧街開了家名叫「姑姑筵」的店。

這樣我在時報出版工作了八年，古碧玲則都一直在中時報系不同單位的新聞線上。直到一九九六年我要創立大塊時，她也想要離開報社，我也曾想再找她一起工作，但陰錯陽差沒成。

再之後，我們都各忙各的。偶爾得知她一些訊息，都很精彩。譬如她和攝影家劉振祥結爲連理（還沒問她是否當年一起出去吃喝時結的緣），譬如她一路轉戰各方，從民間到公部門，從女性雜誌到新聞雜誌、財經雜誌的總編輯，再去網路媒體以文學承載飲食、生態、農林漁牧等領域。

眞正和波波又接上線，是去年。當時大塊已經出版了黃湘玲的《植物情人》，我和古碧玲在一個場合偶然相聚，她提起了有人鼓勵她寫一本書的構想，也談起她對植物的一些看法，才讓我驚醒：原來這裡有一位植物達人。這就一方面請她一定要寫下去，一方面也因爲我開始對植物想要多些了解，甚至有了一段種花種草的日子，請她當起我另一位場邊指導員。

我是個城市裡生長的土包子，加上從小行動不便，所以對植物眞可稱之爲白痴。記得剛來台灣不久，有次搭火車去南部，路上看到稻田，就以爲那是草地。

古碧玲說這沒什麼。她也有過類似的經驗，就像我以爲不知道名字的都是草，她也曾經以爲不知道名字的都叫樹。

只是看過她書稿後，就知道她是多麼想安慰我。

這段時間我的感觸是：人類應該可以分兩種：注意、關心植物的，和不注意、不關心植物的。

我是後者，而古碧玲當然是前者。

從她童年到少女到有了自己的家庭之後，從她看家裡的花園到街上到旅途上到自家餐桌，她注意的焦點始終沒離開過植物。

本來我就好奇，古碧玲看似安靜，怎麼對新聞和人充滿那麼大的好奇，又那麼有行動力。

像是一九八九年她開的那家「姑姑筵」，當時我只覺得布置用心，氣氛很好，後來才得知原來是在台北開了「文青庭園咖啡」的先河。

這次和她討論書稿的過程裡，算是補充了對她的一些認識。

她在安靜中又總對什麼都好奇的心態，可以呼應植物蔓延而生的特質。

她說起話來很直接卻可以和別人很容易交往起來的個性，呼應植物的柔軟和韌性。

她喜歡觀察、跑新聞、寫報導的心理，可以呼應植物總想要爲大家綻放美好的一刻。

至於她會這麼關心生態、環保及健康的飲食，和植物的關係當然就更不必說了。

所以我跟波波說：你這麼熱愛植物，又這麼願意鼓勵我這種對植物白痴的人，請千萬不要把書寫成只對植物達人說話的書噢；除了要讓所有和你同類，也是注意、關心植物的人類讀了會有深得我心之感以外，也要讓所有本來不注意、不關心植物的人也會受到吸引，願意開始親近植物噢。

古碧玲說好。

所以，現在她寫好了這本《不知道的都叫樹》。

我也從一個不知道名字的都叫草的角度，從一個渴望自己能成為讀者的立場，寫這篇序文。

謝謝波波。

推薦序

愛植物及人類

新井一二三

古碧玲這本《不知道的都叫樹》堪稱奇書。

正如她自己在序文裡寫，世上多數人用食物連結記憶；比方說我，的確對每個親朋好友都有涉及到食物的具體回憶。不用食物，而用流行歌曲、服裝、電影等連結記憶的人也可不少。我家「老爺」就最近每晚都打開亞馬遜音樂來播放一九七〇年代、八〇年代的流行曲集，爲的是回憶當年並作爲老夫老妻晚餐時間的話題。人甚至還會用房子來連結記憶：日本《周刊文春》上長期連載〈房子的履歷表〉系列專訪，多年來都頗受歡迎，證明了這一點。

然而，用植物連結記憶的人，我寡聞陋見才第一次認識。會養植物的人通稱爲綠手指；那麼，透過植物來掌握世界脈絡的人，該說有綠心吧。古碧玲的綠心是如何養成的呢？果然是於人生最早期，在母親與她的互動中播下種子的。

開篇〈母親花，梔子花〉是我最喜歡的一篇。有一天，四歲的小碧玲跟母親單獨去外公任職的衛生所，看到遍野盛開、芬芳馥郁的梔子花，母女倆摘取了滿滿籃子帶回家。那美好回憶，很多年後令她寫下「盼望時間永遠停在那一天。」上有姐姐、下有妹妹的碧玲，小時候很少有機會跟忙碌的母親外出。那天的記憶特別深，她說：「對我來說，母親節的花絕非粉紅康乃馨，而是奶白梔子花。」可見，年紀小小，花兒對她就成爲愛情和幸福的象徵。

在她家，愛花的不僅是母親，也有父親。第二篇〈父親花，矮牽牛〉就講到，也在她小時候，有一晚，全家都在客廳裡等待父親養的曇花一現。她寫道「朵朵白色曇花各自像一懸明亮的孤月」，可是，印象更深刻的好像是父親的形象，「那晚他面容特別燦亮，幾乎可說是鏡面似的額頭，完全是畫素描時的受光面……我想若有天神眞的降臨，大概就是那般光景吧。」

她對父親的關懷一直沒有消褪。第四篇〈誰的鄉愁？〉裡就寫：女兒長大後常去香港出差，父親每次都託她買老家風味「欖柿」回來。父親原來是戰爭年代跟隨學校大撤退至台灣的。後來他對家鄉的思念似乎凝聚成黑乎乎油亮亮的鹽醃橄欖。父親去世後，感覺上猶如失去了回鄉之路的女兒寫道：「如果能再重修父女學分，要把父親的來時路與種植物這兩課修回來。」

從父母耳濡目染繼承了綠心的女兒，後來無論上學、上班、去旅行、開咖啡店，生活中一定有花草樹木。連季節更迭，對她來說，都是應時的花兒傳遞的訊息。叛逆精神爆發的國中時期，當家教的父親老友贈送巴西鐵樹，她也領略其珍貴，將之理解爲「對自己投下的信任票」。直到她結婚，母親提醒新人說：新房子一定要放紅色植物討吉祥。從此對植物的愛也傳到第二代家庭去了。

後來，碧玲果然也把綠心精明地交給了第三代兒子。第三部〈自己家的〉中有一篇〈爲孩子插一瓶花〉寫道：託父母帶的兒子很調皮，外婆的口紅啊、床單啊、乳液啊、梳妝台啊，統統都給他糟蹋了；然而，他對碧玲在家插的花，「從來沒毀過任何一朵花或一片葉子。」祕訣在於「從他很小的時候，每次回來，我都跟他說『這是媽媽幫你插的花，是你的花喲。』」看來，小朋友比大人更能理解愛的珍貴與疼惜的重要。

對植物的愛，讓她細讀各國的自然文學作品、細看電影中出現的花瓶，也做攝影、畫畫兒，多次跑東台灣，進一步認識原住民文化，跟朋友們分享來自植物的美味；換句話說，她活得並不高調，卻很充實，腳踏實地則不在話下了。

植物無國境，對哪國的花兒，碧玲都一樣深愛，所以注意到東京奧運會頒獎典禮上贈送的小花束，是來自三一一災區的。

在最後一篇中，我們還能讀到，在荷蘭攝影師的作品集《扎根》裡錄有突尼斯難民營的居民們種花兒、造出花園的照片。那顯然是人類自尊心的具體表現，正證明古碧玲在書中寫的一句話：植物並不需要人類，但人類絕對離不開植物。那是她從四歲到現在，以植物為友，把一天天的日子仔細地生活下來的心得。正如收到她書信的荷蘭攝影師在給她的回信中寫道：植物在我們不同的現實之間搭起了一座橋樑。而我們，不必說，就是人類。

自序
那肉眼參不透的熱鬧

壓根沒想過會寫一本以植物為自己生命載體的書。

就在不久前，我還曾經把楓香樹誤認為成另一種樹。

猶記得十九歲第一次去老友的玉里家，蔥綠稻秧連綿恆亙於眼前，我不顧一切停下無法駕馭的腳踏車，雀躍地指著：「好漂亮的韓國草！」另一個也是城市女子的朋友立刻糾正說：「才不是！那是豌豆苗啦！」這笑話日後跟著我，迄今還被老友當作嘲弄的話柄。

唸幼稚園時，從都會中心搬到留著許多池塘和園林的副都心。隻身上下學路途中，一大片綠盈盈厚敦敦的葉叢竟開滿紫花，見獵心喜的自己雙腳踏進其間，手還沒伸長，「糟糕！」竟是一汪水塘！小小的身軀全身盡濕，還好不深，怕被母親教訓又闖禍了，那狼狽樣畢竟遮掩不了。回到家有沒有被修理一頓，早已忘卻，倒牢記著跟母親嘰哩呱啦描述池子和植物的樣子，「布袋蓮。」母親二話不說告訴自己最早認得的其中一種植物名。

前陣子，才把各一株流蘇和馬茶花搬來工作室。在已化作千風的綠手指老友劉美玲辭世後，這兩株被移到必須縮著頭站在罕見日光的陽台上；不過一年餘，枝幹上僅餘數片鏽黃的綠葉，掙扎強撐著，不似美玲生前逢花季，白花皚皚簇簇，綠葉蔥蔥籠籠。這會兒換個新環境，先修剪掉枯枝朽葉，陽光和雨水輪流滋潤，已見油綠小葉欣欣。

多數人用食物連結記憶，自己則是用植物回味哪一年到哪裡、跟誰一起。往昔父母自然風格的小庭院，養成我接近植物的癖好。更在不自覺中，植物曾陪我度過一關關的人生角落暗隅，也及於婚後之初主動辭卻工作，擔任「家管」——長期以工作爲重心的自己，幾度自怨自懟已被職場淘汰，如果沒有整座陽台七十幾種香草植物的紓解調節，或許早陷入憂鬱難以自拔。

認識我的人，都知道自己很瘋迷植物，手機裡、臉書裡都是四處拍的植物，無分野外的園藝的原生的外來的，既種植物也插花。不時滑覽種種植物影像，想來自己應該是人生翻過一個又一個山頭，少了點分別心，縱使再尋常的植物，莫不覺得他們各有特別之處。

從來沒有兩片葉子是一樣的，即便同一片葉子的葉脈紋理都大異其趣，讓人憬悟造物與演化的精妙巧思；當然沒有兩個人、兩隻動物會是一樣的，但我們不可能凝視著人或動物太久。

植物生態間有我們肉眼參不透的熱鬧。無論是當年「鬱金香熱」因蚜蟲帶來病毒所造成的紅白斑紋花瓣，或當前「觀葉熱」人們追逐的白斑，每隔一段時間，人類運用各種技術育種打造出洛陽牡丹貴的品種，愛好者鼓譟擁戴，唯植物始終不語不動，卻不代表溫良恭儉讓，天擇創造了許多植物與傳媒者無懈可擊的夥伴關係，但植物也會耍各種人類所謂的「心機」。植物在許許多多被人類視爲「美」的優點中，充滿「爾虞我詐的設計」——鼓脹著膨大肥碩的花藥，豪放的雄蕊披著密密麻麻的毛；甚至根本沒有花蜜，卻鮮艷欲滴地誘使昆蟲蹈入其中；即使發出惡臭，可能對某種昆蟲卻是充滿致命吸引力的氣味。

這些神奇布局在植物學家眼中是充滿意義的密碼，他們興致勃勃地逐一走入其間的蹊徑，穿過迷宮，打開生命密室。而我僅是業餘門外漢，貪圖享用植物的小巧輕盈飄逸秀麗和雄渾壯碩，也包括渾身帶刺，氣味卻芬芳得無與倫比的那部分。在每一次與植物和人的碰觸下，記住與他們首會的印象，或許是單純地喜歡，未必深入堂奧窮究其中的綱目科屬種，更別說什麼總目、亞科、群、類等更形複雜的分類。

認識不少具備博物知識的自然科學家，他們對植物的分類謹小慎微，堅守在自己專精的門類裡，不願越雷池一步，甚且在植物分類學遽變下，絕不輕易鐵口直斷是哪種植物。植物分類學家的腦袋裡布陣了綿密若織的植物學名譜系，龐鉅的特徵診斷與環境判斷基準，旁徵博引，還得不時面對科學鑑定的去氧核醣核酸（DNA）的晴天霹靂，告訴他們太多植物過去被認爲是堂親表親的，實則距離遠超過三千里，根本是八竿子打不著關係。

自己的個性，憚於因了解而分開，對喜愛的東西總保持一個不過度耽溺的距離。於植物學家而言，我這種粗枝大葉的愛好者絕對是外行人，認植物功力還遠不及一些爲了看特定植物說走就走、說趴就趴地，留下各種角度特寫，隨時能啓動犀利辨認系統的植物同好。

然而，當我用水彩生澀且寫意地畫了幅胭脂蟲色的孤挺花後，一位陶藝家收藏了這張畫，放在工作檯前。她透露：「跟我奶奶留給我的一株完全一樣，對我有特別的意義。」五十年前，她的奶奶千里迢迢買進一株孤挺花（朱頂紅），半世紀後傳到她手中，年年依然盛開。

植物確實可以是作爲一個家族的傳承。

能寧謐地種植植物或愛好植物，甚至可以代代相承，意味著一種穩妥安靜且自由的生活狀態，這無上福分在人類社會並不容易。人類的交戰爭鬥會任意摧毀植物，我也親眼看過上一代驟逝後，歷經家產爭奪，植物被棄置的故事；更聽聞當花園或房舍易主後，在原主人還未搬遷時，卽被當面拔除滿園植物直接棄置，比垃圾還不如。我們偶睹數十年大樹被砍伐，都心慟難忍，何況親見植物浩劫的原主人那種椎心？

迥異於政治人物和人們常視植物爲枝微末節之物，本身是植物學者的美國總統傑佛遜曾說過：「我對國家文化最大的貢獻就是添加了有用的植物。」

他痛恨生長了幾個世紀的樹被濫伐，甚至希望自己能成爲一個「拯救珍貴樹木的暴君」；就算明白自己已經看不到大樹成蔭，在八十三歲高齡辭世前，仍爲維吉尼亞大學設計校園樹景。如果我們從小就接觸植物，把栽種植物踏實地放進生命教育學程中，那麼，有沒有機會產生像傑佛遜般的政治人物？數十年乃至於百年大樹不至於被隨意砍伐？

在科學家們孜孜爲人類建構起一套套縝密龐大的科學系統，還無法完全解開所有植物的生命密碼，我敬佩這些系統的建構者與運用者，他們駕著科學航艦遊走於自然界，也爲許多瀕危的原生植物存續付出心力。而無論人類如何爲植物們分門別類，除了理性的科學架構之外，未受過自然科學訓練的如我始終認爲植物是有感知力的，只要感知他們，他們也會回應，或許他們的感知力未必等同於人類的。

《尋找母樹》作者蘇珊・希瑪爾倡議道：「跟屬於你的植物建立連結吧。如果你住城市，在陽台上放個盆栽。如果你有院子，打造一座花園或加入社區園地。」大多數時間，我都待在人口稠密的都會區，難有機會像那些可以常跑郊區的朋友，在高山叢林河川溪澗發現各種特別的植物，能舒緩自己身心的無非是已經被園藝化的植物。

鎮日坐在電腦前工作，我往往一日間數回擱下手頭事，或步行於城南巷弄間看樹賞花覓草，或爬上頂樓陽台小憩，觀望幾百盆源頭各自不一的植物，憶想著與他們結緣的起初，除非是植物不適應或是自己養不好，從未棄置過他們；植物的生長歷程從花開結果極盛，終究趨衰而竭，讓我儘可能坦然面對成住敗空。

倘若我們把植物納入自己的生活與生命裡，願意靠近不認識的植物，不再視而不見，打開感官欣賞植物，發掘植物所蘊藏的智慧，生活將會被驚喜充滿。也許在我們回味人生或年華流逝時，會是人影伴著扶疏樹影與清芬氣息，像一道道虹光映照我們的日常。

一.

童年的

不知從哪冒出來的恆春半插花，鳩占鵲巢了天藍尖瓣木的花盆，補了一些土，直接用手抹抹土表。我喜歡直接翻攪泥土，幾乎不用園藝手套，不怕黑渣滲入指夾縫裡，那是知曉人事以來，家裡從不乏植物養成的習性。

幾個孩子當中，尤以我對植物興味盎然，那一方小院落，是引我進入植物世界的渡船頭，母親則是第一個為我指點迷津的舵手，教我對四季的概念有所體認。

像銘印作用下的小鴨子，我追隨母鴨行徑，常蹲在小院落裡四處搜羅。終身嚮往有著綠茸茸草皮的庭院，種滿不求方圓規整的完美植物。

母親，梔子花

當天，媽媽和我浸潤在寂靜的遍野碧茵，我們在花香間得到喘息，生活的吵雜消杳了，地上還有殷紅的蛇莓，她教我如何吃，還說了讓我終身忘不了的話：「墳墓堆的蛇莓長得最大顆，我們小時候都吃得很高興。」

✽

夜涼如水，窗外那盆梔子花在午夜暗香浮動著。

老爺問：

「妳今天插了梔子花嗎？」

「沒，是窗外那棵。」

每逢春夏交替時，白色梔子花綿甜馥芳的氣味，引我非得循味追尋芳蹤，除了自己種的開數朵外，也問熟悉的花店有沒有梔子花？路旁見到，必定要停車暫借問，展開鼻翼將香味攬滿腔。

對我來說，母親節的花絕非粉紅康乃馨，而是奶白梔子花。

四歲那年，母親帶我去外公擔任主管的衛生所，所裡有片山坡地，順著坡道栽滿梔子花。那肯定是花開時節，幽芬簇簇漫遍整座山頭。母親帶我採擷，那回就只有我，姐姐和大妹都沒帶上，日後回想那一天會如此深刻，好像自己成了獨生女，單獨和母親消磨了一整天，這在自己有長姐下有妹妹的童年非常罕見，忙著照顧我們的母親很少能從家務和幫小孩把屎把尿間抽身。當天，媽媽和我浸潤在寂靜的遍野碧茵，我們在花香間得到喘息，生活的吵雜消杳了，地上還有殷紅的蛇莓，她教我如何吃，還說了讓我終身忘不了的話：「墳墓堆的蛇莓長得最大顆，我們小時候都吃得很高興。」

盼望時間永遠停在那一天，當記憶如老照片般影像逐漸模糊時，我仍清清楚楚銘記著蒼綠橢圓葉簇擁著白潔的花，嗅著採著，拎了滿滿一整籃下山，沿途香噴噴回家。

我的翹課紀錄從念幼稚園啓蒙，媽媽是手巧的裁縫，我們家姐妹都穿她裁製的衣服，親手打的毛衣，洋裝裙緣袖口都繡上精緻小花小物，日日早晨她把女兒們打扮好，我就雙眼爍爍出門上學去。曾有幾次，巷口沒上幼稚園的孩子在跳橡皮筋，著了魔咒般不自覺停下腳步加入，直到正午烈陽曬得頭暈，或是母親買菜返家，才被痛罵點醒想起該去幼稚園。這種紀錄到了小學變本加厲，上課途中有一座梔子花園，雖是私人產權，竹籬笆門從來不關的，步行上學的自己逢花綻季節，滿園白花綠葉，香息縈繞，整個人沉浸到流連忘返，逐朵花左聞右嗅，等玩夠了，想到上學時，又是遲到被罰。

黃梔仔花，媽媽都這樣叫，盛花已藏衰竭色。連枝帶葉與白晃晃的鮮花、柳色花苞，過個兩、三天逐漸蒙上一層石蜜色，像未染色的冰糖，整朵垂墜時染上偏紅的暖黃色，正是「梔子色」。梔子花乃最早的天然染劑之一，黃布、土黃豆干、黃色涼粿，連早年便當裡那片黃蘿蔔乾，色彩均取自於黃梔果實。現在回想，自己儘管天天造訪，卻毫無所悉這人家種一園梔子花是什麼目的？純粹是喜歡花香嗎？或供作染劑，抑或燻製早年台灣外銷大宗的花茶？在那園裡印象如此鮮明，卻又那麼迷濛若魔幻。

搬來城南，鬧中取靜的園裡有棵高過二樓的梔子花，住此樓一開窗，空氣中暖香甜玉，縱使花墜落地，熟香味依然蒸蒸，儼然爲我的應許之地。

這棵梔子花年年初夏即行著花，不吝惜放送她的芳馥，悠然滿庭，最後竟命斷於憂鬱症的鄰居老嫗與她女婿手中，連夜殘酷砍斷，僅餘樹頭。然植物有其求存盛力，隔些時日，長出側芽新葉，老嫗再命女婿動斧除之，幾度生幾度砍，梔子花終於香消玉殞，放棄活路。

自此，尋索梔子花香仿如我嗅覺的鄉愁；只要清明後、端午前，帶幾把梔子花，插得甜氛一室，是寒舍立夏前的儀式。

種了數盆梔子花，往往一年開花，一年歇息，摸不透花性，經年摸索，得知務必保持土壤始終濕潤但不濕透，促使排水暢通；既不能任土壤乾透，也不宜施水過剩，否則含苞將不開，甚至易脫落。也有人傳授一祕訣，滴幾滴檸檬汁稀釋，我小試一番，果然花苞都施展歡顏。

古人有「二十四番花信風」，談節氣與花的關係，每個節氣順風而生，挑選一種應時而開的花，以爲該節氣的表徵；後有屠本畯寫《瓶史月表》，將梔子花列爲五月的花使令，襯托石榴、春萱、夾竹桃等三種花盟主，我私以爲梔子花的花姿花息未必遜於花盟主，再說，花豈是生來讓人品頭論足的？

我仍想要有座花園兼果園、菜園，園裡第一棵種的樹非心中的花魁——梔子花不可。

父親花，矮牽牛

偶然走在陽台，嗅聞這座父親建構的擬花園，彈一彈飽和分明濃烈彩度矮牽牛花上的露珠，那是假日放縱的慵懶。我只做個四體不勤的貪婪賞花者，從未曾為這些花顏付出任何代價……

✽

對父親的形容記憶猶留在他年輕眉宇煥發肌膚緊繃階段。那年的舊曆春節前，母親打來語無倫次的電話，趕回去，沒見著他最後一面。

父後數年，刪掉他魂魄辭身的照片，只打算記住他蒔花弄草餵鳥時，露齒笑開的模樣。

離散一代的父親，爲中醫世家么兒，十九歲剛上大一，卽隨學校大撤退來台。據母親說，在港口下船抵台後，舉目無親的父親身後有人掰著他的肩膀，熟悉的鄉音叫著他名，一轉身是跟著部隊來的二伯，兄弟相擁嚎哭到聲啞，從此，兩人互爲異鄉的唯一親人。大抵如此的故事，我從未想往下細究，偏偏我的工作是訪問書寫別人的故事；到儆醒想要探問父親身世源頭時，他已無法回憶分說。

知曉人事以來，我家從不缺植物，室內總不缺母親插的花，卽使迄今母親已耄耋之年。戶外的植物由父母兩人各自經手，稍早幾年遷徙幾次，都有前後院，院落裡見綠茸茸的韓國草皮，喜歡用手滑過，享受那有點刺扎的觸感；太陽照不到的角落，延伸著薄苔，摸起來若絲絨。七里香親密牽手築成的矮樹籬，年年開過玲瓏芳馥的小白花之後，甜香偃息，換來成群結隊的卵形小紅漿果，母親總是加強語氣警告小孩們可「千萬別摘來吃，會變啞巴」！見過鄰居孩子的有話說不出，我們對這警語完全埋單，連碰都不敢碰。偏偏不信邪的我曾偷偷撥開幾顆，青澀皮味擱在大腦皮質層歷數十年依然未散，只是還沒那個膽敢以舌嘗試。

記得有一晚，我們全家都不睡覺，就等老爸的曇花開花。小孩按捺不久，個個撐不住東倒西歪在客廳睡得翹腿伸臂。

霎那間，曇花吐蕊了。父親把我們挖起來，他搬來日光枱燈打光，如白晝，又似舞台燈聚，朵朵白色曇花各自像一懸明亮的孤月，映照在貼著花壁紙的客廳，「曇花時現覺園春」，果如春暉灑落一室，更裂開了父親的嘴，他到中年後肌膚依然緊繃光鮮，至九十一歲辭世都沒冒出老人斑。那晚他面容特別燦亮，幾乎可說是鏡面似的額頭，完全是畫素描時的受光面。這影像竟然在數十年後深鐫腦間，我想若有天神眞的降臨，大概就是那般光景吧。

家從有天井有院落的兩層樓洋房搬往公寓頂樓，花草木無法露地種植，開始盆栽排排站。父親常稱易凋的切花爲「殘花敗柳」，退休後，無公務可操煩，著手管理陽台植物，菊花、曇花、杜鵑、九重葛……，除九重葛一年四季都炸放外，其餘植物每年開花期無不節度知有終始。喜見奼紫嫣紅的父親，逢花開時，笑容總咧到耳根，等灌木植物開花太悠漫，他扛回一盆盆匍匐矮牽牛花，把陽台拾掇成燦爛花園。

矮牽牛沒有一日不開花的，單色的、雙色的喇叭日日吹奏著，所種的矮牽牛花無分四季，縱使在草本植物熱得抬不起頭的溽夏，依然勇猛地展示他們的花朵，密織若錦的紫羅蘭色、藍色、桃紅色、明黃色、白色，以及彷彿是血色般的紅花。不只色彩艷麗而已，植物到他手中，株株活靈活現地解放；不知道他是怎麼養的，連難伺候的茶花也在盆裡按時報花信，好似他們不吐蕊，就對不起這位日夜眷顧的人。

奇妙的是，根本不識園藝學原理的父親，被引發了矮牽牛熱，還種不過癮，更選購了雙色花、重瓣花，清晨初陽照射在舒展的喇叭形花，半座陽台都綻放著閃閃發光的妍彩，我們卻無暇多賞，匆匆穿鞋趕上班。偶然走在陽台，嗅聞這座父親建構的擬花園，彈一彈飽和分明濃烈彩度矮牽牛花上的露珠，那是假日放縱的慵懶。我只做個四體不勤的貪婪賞花者，從未曾爲這些花顏付出任何代價，以爲植物種下，時間到了就自然開花。

自己沿襲父母習性，非有生機勃勃的植物才成家。但我從未動念要種匍匐矮牽牛，唯一一次在社子島台北花苑被暗夜穹蒼般的凝夜紫色匍匐矮牽牛牢牢吸住，這是父親的花，但他從未種過這種顏色，要不要試種看看？我查了劍橋辭典裡「矮牽牛」的意思，「一種白色、粉紅色、紫色或紅色鐘形花的花園植物」，看來不難種吧。

黑絲絨般的五小裂喇叭花只開了沒幾天，絲毫摸不透乾濕的調節，而這根本與牽牛花毫無關聯的茄科植物到底是如何被家父種成團團大錦球，花開不止的？研究了水分澆灌與日照長短，我仍束手無策，暗自呼喚父親，但見他枝枒逐漸抽長，花朵益稀，終至不再開花，如今換成小葉冷水麻形成密不通風的矮叢，早已徹底殲滅了匍匐矮牽牛。

後來聽母親說，父親能種出飛瀑般的花朵不是澆洗米水就是澆稀釋牛奶水，連喝剩的魚湯也是他促花增生的獨門肥料，照說這種種土法煉鋼都會引來果蠅飛蟲孳生，可清楚記得我家陽台並沒有怪味，嗅覺敏感的父親也耐不住異味，這完全違背我學到的植栽知識，父親到底對植物施了什麼奇門遁甲？

可惜搬家後，再沒陽台讓父親發揮。

那時，忙著外頭工作的自己只欣悅父親帶來的色彩，至於他究竟如何天天點植成彩，毫無心思探究；直到自己開始在外賃居，有了自己的陽台，潛在的反骨發作，偏不種老爸種過的大花系列，心底覺得太庸脂俗粉，盡種些變色茉莉、紫藤、白色聖誕樹等叢叢小花，搬家搬到哪，不知不覺就種滿陽台。

自己接收了雙親的愛好，唯獨種花本事遜父親好幾籌，如果是父親來主理我的陽台，花兒大概早就開得爭相競艷。前陣子母親問我怎麼種九重葛，提起以前父親都能把花種到若狂草狀，自己沒這能耐。

可惜竟沒留下半張父親與他的陽台盛花合照，唯一一張是他與母親遊美時，蹲在繁花間，帶著大緣草帽笑得嘴咧到耳垂邊的影像。

爸，此刻您應該正在伊甸園裡尋花訪樹吧？依然是那轉過身來，雙頰堆滿滿月般的朗爽笑顏。

用力地吸一口多日雨後放晴的微涼空氣，予取予求的女兒，從來不關心父親照顧滿陽台繁花所付出的心力，一如無所知悉他的來時路，只能在他辭世後，照片傳到他老家，老家親人將父親相片奉於祠堂，回傳照片過來，我不禁嗒然，那距離何其陌生呀。

如果能再重修父女學分，要把父親的來時路與種植物這兩課修回來。

穿引記憶的鎖鏈，珊瑚藤

艷粉紅色花開於秋季，每開必身手矯健地攀滿牆，探出頭的藤蔓總狀花序上密集的花朵多不勝數；儘管庭訓甚嚴，但秉性頑劣，常趁母親不注意時，將菱形花苞當作玩具，捏它撥開它壓扁它……

✽

自忖不是個求甚解的傢伙，打小喜歡東聞西嗅，但對於植物究竟姓啥名何，就像生物系教授黃生說的：「我念的幾十年植物學，常得回答『這叫什麼花？』的問題；有時候一說完名字，剛要往下鋪陳，聽者就用『夠了！夠了』的眼神封殺了我的學問。」我應該就是那種會封殺植物學家學問的植物粉吧。

之所會認識幾些植物名稱，回頭想啓蒙者可能是外婆、母親，不外是家裡的小院或是校園裡種植的植物，看到順口問問，不太經意記下來的。

像珊瑚藤，種在小學階段有座院落的家宅裡，想來應該是母親種的。艷粉紅色花開於秋季，每開必身手矯健地攀滿牆，探出頭的藤蔓總狀花序上密集的花朵多不勝數；儘管庭訓甚嚴，但秉性頑劣，常趁母親不注意時，將菱形花苞當作玩具，捏它撥開它壓扁它，裡面有褐色的種籽，更設法敲開種殼，瞧瞧果仁長啥樣?幼年時還眞做盡手賤行徑，憐香惜玉完全不上心。直到把心思轉到蜜源植物上，才悉此花係蜜源植物，蝴蝶、蜜蜂都愛極了，年幼的自己未免有眼不識泰山。

專研秋海棠的植物學家彭鏡毅教授所整理的植物檔案裡，珊瑚藤係蓼科珊瑚藤屬植物，原產於墨西哥的熱帶植物，沒有侵入性，這也是幾十年來，幾乎未曾在野外看過它，不至於因爲人爲栽種，致使它氾濫全台。

粗略爬梳植物的流行趨勢，歸納出植物的種植頗具時尚性；像珊瑚藤大抵流行於三、四十年前，近一、二十年罕見於反映市場趨勢的花市，足見已非當代時興的植物，可能因爲現代都市家屋鮮少有庭園，這種攀藤植物遂逐步退潮，

即便現在都市還看得到的珊瑚藤十之八九也都是年代有點久遠被種下來的。幾回赴東部鄉間，見到路旁珊瑚藤，立刻剎車回頭留住影像，唯恐下回再見珊瑚藤，已是多年之後。

朝日蔓、旭日藤、紫苞藤都是珊瑚藤，還有「藤蔓植物之后」美譽，生命力堅韌，縱然在狹隘空間、土壤貧脊、光線不足的狀況下都可生長，另有白色變種。富有卷度極強的鬚，像艷紅西番蓮般，枝條強健蔓延性十分靈活，有個名號叫「愛的鎖鏈」，適合以棚架栽種，基部為心形的葉面摸起來很像粗粗的紙張，也被列入具備抗空氣污染作用的植物群。

被問到你要的幸福是什麼樣？珊瑚藤像穿引我記憶中老院子的鎖鏈，「如果有座小花園，人生就完美了。」

誰的鄉愁？再無可尋的欖乾滋味

記得有位親友捎來一袋欖乾，彷若敲開了離鄉逾四十年的父親某道記憶門閥，可這食材屬於東江菜，不知因何緣由未能成為此間慣食食材，現世無任意門，非得在香港的雜貨店才找得到。

✻

台東電光部落有著久違的兩頭尖的土橄欖，正是小時候常吃的以甘草醃漬的鹹橄欖，屬於杜英科，迥異於現今東部滿山遍野的沙梨橄欖。被帶往觀看這幾棵由當地原住民媽媽盡力維護的土橄欖樹，聯想起以往常出差的香港。

說起香港印象，不是開著極地溫度的冷氣，不是逛不完的購物中心，也非人潮雜沓步履倉促的地下鐵，而是父親的滋味。曾經幾乎每個月必赴香港公出，父親一聞訊，肯定要吩咐，「記得幫我買欖柿回來。」

每回踏入灣仔辦公室，等不及公事辦完，先叮囑半拜託知路同事，可得帶路去買欖柿（其實發音究竟是不是「柿」？或是「欖乾」？已無從追問。）那黑乎乎油亮亮的橄欖漬物，像一塊塊橢圓形黑膽石，卻有股鹹酸醬缸味，是父親老家的滋味，他用來剁得細細細的，買上好豬肉，也剁得綿綿密密，彈力盡迸，復以手拍打來去，拌上欖乾搗成肉丸，或蒸肉餅，如今想來舌根滲出甘味來，那只要一勺，無比下飯，只此一味，父親可以扒個兩碗飯。

必須說，童年時的自己，把父親的鄉愁滋味視同於黃口小兒不愛的咖啡色系餐食。餐桌上不時有長豆乾排骨湯、鹹菜鴨湯等褐色且鹹中微帶酸的湯品，必備的各款蘿蔔乾以及梅干扣肉、酸菜肥油燜筍、魚羹紅燒肥肉等鹹香油菜色。他還有一盅祕密武器：幾片高麗蔘燉田雞湯，那窄長形的燉盅，約莫二十公分高，直徑頂多十公分，放進大同電鍋裡，湯頭清澈甘甜，唯這道，尚討得孩子們的喜愛。

不擅煮食的他，曾把空心菜炒成深芥菜色的乾草狀，孩子們上桌撥個兩、三筷，個個說：「吃飽了。」隨即如狡兔離席，再設法避開他眼底去翻找食物。那年代的男人豈知三、四個慣ㄚ頭心思，父親孤身一人把一桌女兒們看不上眼的菜慢慢清完，幸得母親不消兩天就返家了，ㄚ頭們的厭食警報於焉解除。

多半時日，父親是遠庖廚的。那年頭，母親常一人忙一桌大菜。前些日子，

在日系書店看到一只上蓋全平的無水鍋，小小一只要價六千元，忽地想起母親曾有一只同樣形制的大鍋，用來做戚風蛋糕、馬來糕、倫敦糕、爆米花等點心。廚房裡，百分之九十九輪不到父親出手，唯獨示範他家鄉味時。

松鼠黃魚、炸蝦托、香酥雞、樟茶鴨、煙燻鯧魚、紅燒下巴、紅燒划水等，幼時均非館子菜，而是母親看傅培梅電視烹飪節目的實習實作、現看現賣的家宴菜；迄今依稀記得的是，

她買來鮮蝦，剝掉殼、挑泥腸，搗剁成泥，拌荸薺、蔥丁之類的，吐司去邊切四塊，孩子們幫忙加工把朵朵芫荽葉擺在蝦泥上。成品炸出時，吐司焦香金黃，蝦泥呈粉嫩橘色，上頭一枚鋸齒狀的綠葉益發耀目，香酥氣味穿堂而出，想偷吃個一托，母親手伸過來一拍說：「算好的，這是給客人的。」凡她出手的，父親那些同事同學低頭食不語，實因舌頭差點要吞下去了，哪來餘嘴閒磕牙？

全家吃館子菜，則非父親家鄉味館不吃。彼時，鐵軌尚穿過的台北天津街，鐵道旁的天橋飯店，一家老小打牙祭的老館子，不說梅干扣肉、薑絲大腸、鹽焗雞、子薑毛肚等代表性菜色，第一愛的莫過於以新鮮黃牛肉捶打的牛肉丸湯，清香鹹淡恰好的湯頭，浮幾點細細綠綠韭末或芹菜末，一桌小孩們無不熟門熟路拿筷子插一丸。父親不時會央人快遞附帶一袋湯頭的黃牛肉丸。然而，許是牛肉肉質或製法不對了，曾經，看到牛丸必定順手帶一包，煮來卻質柴乾澀，全然不若當年父親吩咐送到府那些既嫩Q且彈性足的丸子。

思鄉病不時發作的父親，如同得了食物相思病般，隔一段時間想起一道家鄉味，口述兼手作給母親聽看，如釀豆腐，他捨釀豆腐，把豆腐搗成粗泥，與豬肉末、蔥末等捏塑呈丸狀，炸後或紅燒或熬湯。夏日嫩薑登場，他將子薑切細絲，上選帶霜花牛肉剁成泥，子薑牛肉丸，這回清蒸不炸，籠床裡鋪一層簇白紗布，炆火慢蒸，按說孩童不喜的子薑微微刺衝，此丸卻討一屋丫頭們的味蕾歡欣。

屆臨退休前，記得有位親友捎來一袋欖乾，彷若敲開了離鄉逾四十年的父親某道記憶門閥，可這食材屬於東江菜，不知因何緣由未能成爲此間慣食食材，現世無任意門，非得在香港的雜貨店才找得到。這過鹹水方能取得的故鄉滋味，在那幾年出差日子裡幾成了夢魘，老是記得自己穿梭於港島、九龍間的南北貨店，挨家詢問，焦躁狂慮的緊張模樣，日後想來，怕是招徠若緊箍咒的一句：「只顧自己，都不顧妳爸。」

父親對用油也有其堅持，蛋炒飯非用豬油，炒得鑊氣十足，方得精髓。早年，疼惜女婿的外婆特挑精選豬皮，炸得飽滿肥滋，酥炸後的豬皮歸孩子當零嘴吃，豬油則是嗜油嗜肥的父親心目中的好油。櫥櫃裡常年備著稠郁的黑芝麻油，而苦茶油煎地瓜，或煎雞蛋與薑片，灑點酒水，煮成荷包蛋湯，清簡卻濃冽，父親說是顧脾胃，也在他爲女兒們食補的菜單上。

母親的廚房與冰箱裡，有閩有客有洋諸般食材，兼有往昔各省媽媽與她交流過的飲食拼圖。父親辭世前，母親已不掌勺多年，客味佚散間，悵然若失了重心。

近來因公著手追溯靠山吃山的父系食材脈絡，電光部落的土橄欖樹引動自己猛地通了似地，也許家父如此嗜吃橄欖，可能是他的老家挨著園子或農地種了橄欖樹，就地取材成爲家常食物。

一日問起：「媽，還記得爸爸以前愛吃的欖柿嗎？怎麼做呀？」母親答非所問地：「後來跟你爸回老家，他們的欖柿是紅色的，鹹得打死賣鹽的，帶回來，妳爸根本不敢吃！妳從香港買回來的，吃完那幾斤，他大概吃怕了，再也沒吃過啦。」父親的鄉愁滋味凝止於這番話語裡，想讓父系的東江滋味借殼上市，竟也無殼可借。

天橋飯店早已消杳無蹤，栖栖然間，無由分辨出究竟是他的？還是我的鄉愁？

開白爭紅，獨鍾茶花

茶花開時團團瑰麗斑斕，白花雅潔，紅花絢艷，粉花輕柔清新美若少年。花落前，駝色鏽紋逐漸漫遍花瓣，偶見飄落一兩瓣，最後決絕利索地整朵墜落。年歲增長後，更喜歡茶花，雍容大度，華中有貴，又比「花王」的牡丹芍藥平實可親，私常比茶花為《紅樓夢》裡的探春。

✽

今年種的茶花不開，一株綠熒熒的葉子茂盛得不像話，另一株則葉片三三兩兩，始終不給力。

近日與茶花緣分淡，連想買張看得極順眼的日本椿花油畫最終未能入手。

可是值冬春交界，陽台或室內怎能沒有茶花？自己慣以花木來鑑別季節，這時節肯定要有幾株或粉或紅或白或黃的茶花，挺挺傲嬌一叢叢，即便單一枝，也很有侘寂感。

常說自己種植物採姜太公釣魚態度，不好強剪不喜施肥，實因幼年家裡的花草木皆就地而種，搬了幾次家，皆有庭院，無須用花盆栽植，季節到了，沒見父母修剪過，所有植物該換新葉的換新葉，該開花的開花，該結果的結果。或許是當時年幼只是貪玩貪賞，並不清楚照顧植物要付出的心血，以有限知識、率性復又愛戀芳馥的矛盾心性，當沒有院落的現實橫亙眼前，得設法模擬土壤裡所含的微量元素，又不願藉過度地修剪拓肥的人為干涉，好似為了取得肥美油腴的鵝肝，硬是強灌，對盆植植物，太沒有「植道」。

雖非怠忽，但如此隨性，終因盆裡養分不免順時流失，無法像落地種植般，到了盛花時節，芳信渺茫。有一說茶花無須修剪，不放心問了花農，回說：「開完花後是可以修剪，換土，施一點肥。茶花要用排水性優的土，如果土質有硬化的現象，或者是植株已經長的太大，要換盆換土。」說到底還是要換盆換土施肥，莫非姜太公不宜種花？

家裡一直有茶花，雖不記得是父親還是母親所栽種，但庭院裡一株白茶兩株覆盆子色的重瓣茶花站在正中央，不開花時如上了亮光漆的葉子整株碧亭亭，似乎總在春寒料峭時開得穠麗大器，始終是院落裡的焦點。

還有夫家老厝，一〇四歲辭世的阿公生前植蘭種花，在埕前種了一排茶花，冬春交遞的草山凍入骨髓，正是茶花繁盛盡展時節，彼時，常駐足賞花。彷若院落定要種幾株木質森綠油亮的茶花，才有重心。

童年院落裡的植物，於成年後開始有自己的空間，不被察覺地在陽台上「復刻」起來。

茶花開時團團瑰麗斑斕，白花雅潔，紅花絢艷，粉花輕柔清新美若少年。花落前駝色鏽紋逐漸漫遍花瓣，偶見飄落一兩瓣，最後決絕利索地整朵墜落。年歲增長後，更喜歡茶花，雍容大度，華中有貴，又比「花王」的牡丹芍藥平實可親，私常比茶花爲《紅樓夢》裡的探春，不若牡丹般的皇妃元春富貴位崇，卻剛麗颯爽，處事俐穎，自有定見。茶花惹人喜，東西方皆愛，自古即有茶花畫譜，無論工筆寫意各擅其場，自己最心儀的係畫家董小蕙《老院子》系列，她將成熟的技法幻化成二維風格後所繪的各色茶花，朵朵欲言又止，觀畫時駐足不忍離去。

識花者都警告說茶花難種，蟲虫多，肥要恰好，過濕不開，過乾花苞被褐皮包裹，也會整蒂掉落，開不成。多年蒔花，始終未進茶花，心底總盼有座小園來種她落地著根，不願讓她們委屈花盆裡。因甚愛茶花，不時被茶花相關的畫作所誘，自己迷上日本作家梨木香步的小說卽是因爲她的《冬蟲夏草》小說以茶花繪圖爲封面，讀之玄妙整個人沉浸其間，從此一發不可自拔地把她的著作盡可能蒐羅到手。

去年大過年時，多數人心中惴惴，蔓延開的疫情，透過冠狀病毒以非典型肺炎症狀不斷變種，持續擴散漫漶。趁著簡出的農曆年假，取出水彩畫具，畫張多日想畫的茶花。茶花難繪，重瓣瓣片頗多翻轉，一朵花的曲線不易掌握，而層層疊疊間，明暗與彩度幽幽浮浮，素描與調色的斟酌臨摹都是考驗。

開始拾筆蹣跚將茶花英姿攬入筆下之前，自己忍不住出手買進兩盆，且捨棄獨衷的白茶花，選一盆胭脂紅的越姿與淺珍珠紅、珊瑚紅、白混雜的喬伊肯德利特，確如人警告的乾濕難度，葉子遭蟲蛀成洞洞，花苞常從蒂頭直墜。我像種茶花幼幼班生，仍摸不透這些姑娘的習性。

趁這天白晝完成越姿茶花姿容，有種重返父親的小院落裡的恍惚，觀賞茶花的兒時景象，似近卻遠，父已駐天家，而我，歷蕭蕭半生，童顏童心再也不復返。

漫步巷弄間，鄰居們的茶花看來都屬老植株，主幹粗壯，被照顧得當，應時蔚然盛開。

眼看又屆農曆年，心念著再買幾株茶花，瀏覽專肆栽培茶花的花農網頁，琳琳瑯瑯品種：神祕城、數寄屋、天鵝湖、東戀、紅貝拉、黑貝拉、強生艾特、金門、瑟威力班、海倫包爾、彩夢人生斑、九轉螺絲……，取名的邏輯不知爲何，單是名字絲毫不遜清朝朴靜子的《茶花譜》。

花形則依美國茶花協會分爲六級：單瓣、半重瓣、秋牡丹、牡丹、玫瑰形重瓣、重瓣。連互生的單葉葉形也形制多款，以倒卵形、長橢圓狀卵形、橢圓形、闊披針形、披針形等形狀問世，葉緣都是細鋸齒狀，葉子厚而光澤閃閃的革質。足見經過百餘年，茶花的栽培技術進展神速，眼珠看到酸澀不已，根本無法做抉擇。潛心一念，決定回到最初，先入手幾株單色單瓣的四季杜鵑，等到自己識得茶花花性後，再做打算。

我們的社會把種植物賞花插花，視作風花雪月之事，莫非是受了《論語》的「君子懷德，小人懷土」潛移默化的影響而不自知。致使我們從以往深怕耽溺於美的事物喪志，然而一旦投入，又不知界線，不是完全不理會，就是過度講究到刻意造作的程度。

慶幸自己從小在蒔花養草的環境生長，知曉人類僅僅是萬物之一，而非全部，也清楚植物各有其脾性，既栽之則需善加相待。

植物本就是漫天漫地滋長於世界各個角落，人類向植物吹氣，模仿《創世紀》裡創造人類的天神，認為所有萬物都該為我所用的人類不吝於嫁接育種控制，使其紛繁形色變化萬端，我雖未參與改造，但也忝為享受源源不絕品種改造成果的一員。

自己對這些擺布植物的現象，常充滿既想要又滿懷抱歉的矛盾，只好拈花微笑。

軟弱的人都喜歡植物

竹身中空且皮殼脆，望似比實心的針葉樹脆弱，地底下的竹子地下莖如同往四處伸展的魔手，彼此橫直交錯漫拓叢生，彷彿在暗冥的土裡，一株株無邊無際地牽起手來，完全戮斷了其他樹種根走莖行的路徑，到後來則是「此路是我家」，其他植物想「留下買路錢」借過的機會都幾近於零。

✽

想看卻又不敢看上映期間討論度極高的大河劇《斯卡羅》，終於在熱度之後看了幾集，裡頭有段法裔美籍人李仙得對蹲下來看植物的原客混血的僕人蝶妹說：「軟弱的人都喜歡植物。」

讓自己噗嗤笑出來。

不喜歡植物的人哪懂呀？

他最好別吃東西，將來連肉都是植物做的，不吃，眞的會腳軟。

「我本來就覺得跟植物昆蟲相處心情要來得安穩得多。」讀到梨木香步小說《植物園的巢穴》這句，本來就是梨木迷的自己絕對會把她的小說列入「荒島書單」。

喜歡植物的人確實是軟弱的。

即便顯性的我們看起來再外向，隱性部分的眞實自我多半懼於跟人相處，喜歡植物的人寧可與人植物性的往來，而非動物性的不可測地不時變動；我們不是逃避人，而是多半怕跟人相處；怕在人群中用話題滔滔掩飾自己的不知所措；怕待在人群裡一不小心就走了神；怕人們慣常用眼睛從腳底往上對你掂斤兩；怕人們老要敲打心頭的計算機判斷你身上有什麼可以跟他們交換的；怕交淺言深地熱臉貼人冷屁股；對一個內外形象高度反差，寧願鎮日獨處，一天講不到十句話的人來說，交際這種淺層活動極其耗費心力，每經歷一次，心底常似我那盆被夜盜蛾啃噬過的錦葉葡萄，留下燒灼殘跡，得等很久很久，才能又長出一瞇瞇幾乎察覺不出的嫩葉。

所有這些沒必要的「怕」都來自於懼怕種種功利砝碼的論斷，我們像被攤在資本世界裡大大小小市場的肉砧上，不停地被用各種價值標準論斤稱兩上上下下，厭膩這些砝碼，就算日日春上冒出一對擬眼狀像極外星人大斑的夾竹桃天蛾幼蟲，直溜溜地瞪著你，都比處身在人事肉砧上舒坦。

而關於植物，當你摸清他們特質時，赫然發現他們絲毫不軟弱。

詩家詞人常藉竹子這種植物詠頌節操，分布在北緯四六度到南緯四七度間，不僅絕不軟弱，更強悍到堅壁清野了其他樹種的生存空間。

中低海拔山間的孟宗竹豎地拔起，連綿構築出重疊碧翠的屏障，排擠了地表上的所有植物，在他們肆無忌憚伸展之下，本屬常見的柳杉變成罕見植物似地被青森森的幾株竹團團掐住，萎縮的柳杉佝僂著枝幹，行走其間，當風簌簌吹來時，會生出以爲聽到柳杉樹告饒聲的錯覺，這根本是弱肉強食的植物版。

更在陽明山上親見季春時，破土而出的孟宗竹筍竟能頂起一塊兩個壯年男子才搬得動的石板，植物要竄出地表的力氣全然就是力拔山河呀。

竹身中空且皮殼脆，望似比實心的針葉樹脆弱，地底下的竹子地下莖如同往四處伸展的魔手，彼此橫直交錯漫拓叢生，彷彿在暗冥的土裡，一株株無邊無際地牽起手來，完全戮斷了其他樹種根走莖行的路徑，到後來則是「此路是我家」，其他植物想「留下買路錢」借過的機會都幾近於零。

記得有一年赴花蓮，當地原住民藝術家以幾株根部盤結得難分難解的竹枝，說是以祖先口傳下來的故事，作爲創作題材，提醒他們就像竹子的地下莖般，整個家族的根都盤根交錯無法拆散；這故事，不就是小時候讀的「一根筷子容易折斷，一把筷子怎麼折都折不斷」，每個民族是否都有類似的故事？

但竹林，卻是童年陰影。

小學上下課都要經過一片竹子林，裡頭黑燈瞎火地望不著盡頭，孩子們再調皮也不敢闖進這片竹林裡，大人們不時告誡裡頭吊著死貓，打小就躲在被窩裡偷讀過日本神怪小說《九命怪貓》的自己，被瞳孔一條線的貓，顫驚恐懼終生，哪裡都敢跟天借膽大剌剌闖進探險，唯獨視那片麻竹林爲禁地。

日後，與首善之都一水相隔的小鎮愈益繁榮，稻田逐一開發，在未察覺時，處於邊邊角角的竹林，被疊起高樓，日後連竹林所在的位置都恍然若夢，完全忘卻追究那些被吊在竹枝上的貓靈到底有沒有九命？

或許竹子的悍勁讓人類無法忽視，桂竹、綠竹、刺竹、麻竹、孟宗竹、長枝竹、玉山箭竹……，建築竹編造紙食用，全株無不可用；我還看過厄瓜多人把竹產業發揮淋漓盡致，片成一條條，以樹脂為黏劑，製成片片集成材，直接用於建造房舍。原住民更是以竹子為食器，製成竹筒，下端節隔為杯底的平口杯，竹筷竹匙，工業製品問世前，竹葉尤其被視為便捷食器。

原住民更有個風俗，搬家到新地方前，派人種植建材之用的桂竹，竹筍還可食，嘗聽原住民敍述，都派擅跑的族人去種竹子，一旦種下，拔退就跑回部落，竹子會想念主人，根部迅速成長，好似在追主人一般！

喜歡植物的人究竟軟弱與否，接觸過對植物瞭若指掌的阿美族族群，跟著他們勇健的腳步踏入山林，他們以一種了然於心的沉靜穩妥，你當下知道自己絕不會迷航於山野間；砍下竹桿順手一個碗成形；摘著山棕心、牧草心、藤心……一路上吃喝，也絕不飢餓口渴；他們更是不需要塑膠袋隨行的族群，沿途所採集的可食野果，摘下兩片野薑葉排成十字狀，直接盛裝提起。他們是世上最擅用植物、最喜歡植物的族群，誰敢說他們是軟弱之人？

二.

青春的

未必是刻意叛逆，只是從少艾起始，一身反骨牽著自己前行，課業太無趣，課本多未曾經我讀，躁動地夥同幾個同伴，衝往校外修電影、閒書學分。

中學階段掛滿迄今還參不透的大小過，幾乎已被當作「不良少女」，卻常在歧路之前打住，回頭看，植物無形之中扮演煞車的角色。

處境正像一隻六腳朝天、絕望的昆蟲，沒人信任妳會成就任何事的時候，獲贈第一棵植物，彷彿終於有人相信妳可以被託付……。

長期不願屈從於威權的心思，如同憎惡植物被過度修剪，潛意識裡，痛恨所有人所有生物都被校準成一個模樣。

多子多孫，安石榴

籽實飽滿，色澤紅艷，不分文明與宗教裡，取石榴為意表的一時也說不完。以前人多喜歡種植石榴樹，一棵石榴樹照顧得好，可活百歲有餘，若未經改朝換代、或家道中落，歷數代都屹立庭園中，以多籽象徵人家的多子福壽。

✽

人類喜新厭舊的習性，導致本身無法移動的植物也被喜新厭舊。每個時代流行種植的植物更有其時代意義，像在許多文化裡象徵「多子多孫」的石榴，在少子化的此間天龍國地區幾乎已屬罕見植物，不知是否是巧合？

小時候，家家都有座或大或小的庭院，那是罕有機會外出旅行的我神遊的國度，不只注意自家庭院動態，眼角也常投向他家庭院。

院裡總有棵大樹爲中心，還會有株攀出牆外的植物，不見紅杏，通常是結果的植物爲主，也許是每家的零嘴或副食品。像我這樣的小孩比誰都敏感於四季運行，巴望著它們成熟，家教雖甚嚴，逢果子窸窣探出牆外時，即視他們爲眼底的瞳仁，壓抑不住蠢蠢欲動的盜果獵人心性。十次裡，難免有一次在偶爾離家出走卻堅持不過一天的「浪流連」途中，管不住雙手，見熟果偷採，還一邊給自己心理建設找個說辭，「我只是幫忙試試會不會太澀太酸而已。」

童年時不解詩詞，也不識色彩的心理意涵，然而，「眉欺楊柳葉，裙妒石榴花」石榴的紅花常比擬美人，幼小的自己生物反應似地被石榴鮮紅熟果引誘，幸好當時我家庭院裡有一棵，未曾動念偷摘別人家的，迄今對石榴仍有種特別情愫。

都市更迭，庭院房舍改建成高樓，寸土必爭，哪來院落可容石榴攀牆而出？搬到城南老區後，臨巷第一幢老屋見著一棵，細瘦枝枒正結著秋實，由小變大，從綠轉紅。觀察他幾年，大抵在九月、十月間結果，豔熾色的花爲單瓣，果實不過乒乓球大小，看來宜觀賞不宜食。

古代漢人把五月喚作「榴月」，石榴花期按說爲五、六月，近年，巷弄第一家這株不時在十月落果後的十一月單開一、兩朵花，我以他們的高度落點在心中暗作記號，這領先其他兄弟姐妹先馳得點開花，在冬陽灑落的牆外，紅得泛金，可能是自己的眼球效應，其後所結的果子似乎都養分較足，塊頭大顆些。

這種石榴又叫安石榴，單瓣的分布中國、地中海沿岸、亞熱帶、溫帶區域。可食且赤紅果汁被視作愛情液的重瓣紅石榴原產於波斯（今之伊朗）中亞地區，相傳是張騫出使西域時帶回漢領地的。這位張騫先生想必如童年之我——被那橙紅花朵或吊垂的滾圓紅熟果實所惑，從大使變成植物收集者。也有說是從歐洲引進中土的。還有一說則是石榴於漢代隨著白馬馱載的佛經傳入洛陽，當地第一座寺廟的白馬寺素以石榴樹名震京城，樹型虬結果實碩大渾圓，價値不斐，而台灣的石榴則由過黑水溝的唐山移民捎來的，栽種於平地或低海拔處。

石榴多子意表傳承，遍植於各種宗教或古籍或畫作中。佛教裡，送子觀音就手持著「石榴聖果」；消災解厄的葉衣觀音手持的吉祥果，也是石榴。

《聖經》故事的地理位置分布於中亞、北非、地中海岸，其中提到石榴三十六次、石榴樹十次，被摩西帶出埃及、不知好歹的以色列人在曠野抱怨說，

摩西領他們到這壞地方，既沒水喝，又不好撒種，「也沒有無花果、葡萄樹、石榴樹。」

在耶和華爲祭司設計的袍服周邊，「要用藍色紫色紅色線作石榴，在袍子周圍的石榴中間，要有金鈴鐺」，足見當時石榴何其神聖，爆滿且圓潤晶瑩的籽粒還被用以象徵基督廣澤世間的「你去使萬民作我的門徒」精神。

希臘神話繪像裡，宙斯的天后希拉一手執權杖，一手擎著石榴，象徵婚姻和生育。籽實飽滿，色澤紅艷，不分文明與宗教裡，取石榴爲意表的一時也說不完。

某日，走過城西市場，殷紅健碩的以色列石榴躺在綠塑膠布的水果攤，幾度猶豫往返，最終沒入手；吃石榴要有時間，剝開外皮與內膜，逐粒啜食，一直忙碌的人哪來閒暇可以享受這一整顆石榴。

年幼時，可能是生活單純，盼到庭院那棵石榴紅了，十足耐性地剝開來逐顆吸食，染得滿手滿臉也無暇顧及。年長後，青春無幾，或許時代遞嬗，很多事愈來愈方便，人的耐性卻愈來愈有限，回想自己不也早捨石榴就番石榴，整顆直接啃食多年了，想都想不起來石榴到底何時從外婆供桌上消失的。

據說，石榴花可以轉華髮變烏黑；拿來泡水敷眼，得讓人火眼金睛。石榴葉還能治療跌打損傷，把葉搗碎後敷在傷處，復以石榴花止血。對講究有用之用的人們，石榴全身是寶，無論是花、葉、果實、果殼、根皮都能入藥，實可多多栽種。即便不能用，落葉小喬木的石榴，春華秋實，竄到一兩層樓高，艷紅的花萼吊掛在搖曳生姿的枝枒上，亦收賞味養眼之效。

以前人多喜歡種植石榴樹，一棵石榴樹照顧得好，可活百歲有餘，若未經改朝換代、或家道中落，歷數代都屹立庭園中，以多籽象徵人家的多子福壽。

多子成負擔的現代，石榴巧合地從沒有院落的都市大廈間悄然隱退。

第一棵收到的禮物，巴西鐵樹

他慎重地說：「這是巴西鐵樹，很珍貴的。」並沒跟我說怎麼照養。懦懦地接手寶貝兮兮捧著這株巴西鐵樹回家，好像拿到一把通往私密花園的鑰匙，也或許是在我那段不被信任的青春時期，從家教手上拿到的這盆植物，象徵對自己投下的信任票。

✽

一根直挺挺，頂上冒出叢叢綠髮，寶貝得很，幾乎是晨昏定省，他是巴西鐵樹，念國中時的我收到第一棵別人正式餽贈的植物，找個容器安置擱在書桌上，除了自己，無人可碰。

國一時，住校期間，周末未返家留宿舍，名列前矛的要好同學相邀到她家溫習期末考。偏偏老擔心女兒做怪的母親打電話來查詢，這一查，學校開始廣播，我當然不在校內。我念那所《美國女孩》導演阮鳳儀念的女校，當時由修女管理，找到我時視爲擅離校園的大事，立時通知父母來校，劈頭就說要開除。猶記得訓導主任和修女唱雙簧似地齜牙裂嘴地大聲斥責，沒被開除，迄今，我仍不解自己周末留校去同學家複習功課有啥錯。

那次事件之前，還發生學校食堂大鍋飯裡被我發現蟑螂，驚聲叫起來，舍監穆修女三腳兩步疾衝過來制止我，硬賴我沒吃飯故意搗蛋，衆位高中部學姐一旁做證，還是被修女一路扭到訓導處，我氣得甩開修女的手，罪加一等，開口也是要開除，最後一支大過算饒了我。

前後記了兩支大過，把我一身的反骨給徹底激出來。

國三那年和四個同學天天翹課，到校上個兩堂課，彼此約定先把書包扔到圍牆外，假裝要去學校對面的宿舍區，走出校門後立刻齊步向左衝，溜到東南亞戲院或西門町，當時電影院播放許多經典老電影，我們似補修學分般看到飽。更在那留著西瓜皮的髮禁時代，自己買了一支打薄刀設計個新髮型，同學們看到都想要，索性叫同學們整排坐定，一個挨一個幫他們ＳＥＴ俏麗髮型。此事又引起軒然大波，被打薄的，校方每人賞一個警告，始作俑的自己少不了加倍懲處。

國一下學期，畢生中規中矩的父母，常因我被學校找去，心臟不勝負荷，決定還是把我帶回家就近看管，比較沒闖禍機會。但功課還是要顧，交給父親的彭姓老同學擔任我的數學家教，每周兩次到叔叔嬸嬸家報到。數學補了什麼，有沒有進步，我毫無記憶；晃晃間，記得彭叔叔黝黑與雙頰凹陷的瘦臉，彭嬸嬸每天都會煮晚飯，我跟著吃，總有牛肉絲炒個各色青菜，分量很節制，但我從未餓著。

被到府家教的日子經過數十年，還有記憶點的就是那株巴西鐵樹。

忘了是因爲自己功課進步，或其他原因，有一天，彭叔叔端出一棵約二、三十公分高的植物，沙錫色的幹身，斑紋橫直呈格狀，葉梢收尖的長葉從莖端拔出，他愼重地說：「這是巴西鐵樹，很珍貴的。」並沒跟我說怎麼照養。懦懦地接手寶貝兮兮捧著這株巴西鐵樹回家，好像拿到一把通往私密花園的鑰匙，也或許是在我那段不被信任的青春時期，從家教手上拿到的這盆植物，象徵對自己投下的信任票。擱置案前，以少許土和水養之，書讀得煩累，細賞品評消疲，以爲他可永永遠遠在我眼前，殊不知自己的養法愛之適足以害之也。

名爲巴西鐵樹，實則來自非洲南部，龍舌蘭屬，我那棵的樹葉中肋有一路直下的金黃色縱紋，正是中斑香龍血樹，來由是冬春交界傍晚會開出芽紫色或粉紅色花筒白色的圓錐形小花，奇香醒腦，翌晨即凋。不僅開花，尚且結果，亮橘色果實，球形或豆形的種子從中爆裂，他的開花結果當時我都無福親見。

遍布熱帶非洲潮濕森林裡，依傍著溪流蔚爲密密灌木叢的巴西鐵樹，早在一九〇一年就被當作觀葉植物引進台灣，比起眼下流行諸多得耐性伺候的觀葉植物，只要抓對種植方法，很和藹可親，一段時間不留意，長葉似滔滔綠浪前仆後擁，豆蔻之年的我並不解巴西鐵樹，過於勤澆水，四時常綠年餘，根部漸遞腐爛，以爲是遭蟲害，束手無策只能任憑敗壞。

想起彭叔叔把巴西鐵樹交給我時那句：「很珍貴的。」應該是指他的心意。

生平第一棵受贈植物種死，惱悔好陣子，自責一事難成。但是否就斷念不再種植，坦白說，還是深受各種樣態的植物吸引，如植物作家的少友常言：「種死五棵植物是黑手指，種死五百棵植物後就是綠手指。」一路上，種死只怕不下五百棵，仍愈挫愈勇。

相隔數十年，如今宛若雜林的陽台上，有兩株黃邊龍血樹栽在深盆，怠惰的自己終於學會不再揠苗助長，偶一剝剝枯老褐葉，未被過度關愛的他們可好端端地精壯地悠然其間。

禾葉大戟

倒不是因為禾葉大戟的逸美留下他，而是好逸惡勞且覺得是種生命，任由他在盆裡竄高。禾葉大戟迅速地攻城掠地，稍一忽略，他已在好幾盆植物裡占了一隅，不多時就結出燦綠流星雨般小花，想拔卻捨不得。

✽

莫名而來的禾葉大戟正葉色轉黃、葉子卷曲正飄落盆中，清晨起身，在泛紅的枝節交錯處，有著明顯外力折斷痕跡，且不只一枝。無意做偵探，查出到底是鳥的傑作抑或什麼動物躡手躡足搞的？掄起剪刀直接剪下斷枝，細看連小枝也斷了不少，頂端倒是結了不少小綠實。該不該趁機修剪他，使他有機會長出如網路照片般膨鬆的滿天星花束？

這晚近才歸化此間的植物，主要分布亞熱帶和熱帶間，不知他打何處何時駐留花盆。發覺他時，已經竄到十幾公分高了，秉持素常的閒懶心態，查查他的科屬性狀，葉色如青豆，呈淺黃綠，葉片主脈的左右各有一撇白斑紋，兩相對映呈V字形。盛花時，花朵雖比綠豆仁小個三五倍，靠數量取勝，聚繖花序的五瓣白花一撮撮爆炸開，直逼西方名媛戴貴族帽子面紗的濛濛之美，夢幻飄逸感十足，韓國花藝業者常用於新娘捧花的花材之一。因有乳汁，只需在採集後，迅速插入溫水中，讓乳汁散開，以免堵塞導管，縮短觀賞期，瓶插壽命可撐個五到八天，算是切花良材。

倒不是因爲禾葉大戟的逸美留下他，而是好逸惡勞且覺得是種生命，任由他在盆裡竄高。禾葉大戟迅速地攻城掠地，稍一忽略，他已在好幾盆植物裡占了一隅，不多時就結出燦綠流星雨般小花，想拔卻捨不得。

季節由暖轉寒前，常想整理植物，就像整理一屋子的書一樣，開始動作後，往往邊整理邊翻看，最後忘了原來打算做什麼。整理植物，也是例外與意外頻頻，想爲他們換土換盆，卻老是被盆裡長出模樣可人的不速之客，東摸西看，全然忘了原先計畫的事。

計畫趕不上變化，是自己秉性的素常，如此因循耽溺，植物愈長愈多，整個陽台上有買來的、人送的、挖來的、撿來的、飄來的、鳥帶來的、切花長根後移植的、不知怎麼來的，形成一座深淺濃淡的仿森林，只差在植物無法落地。

幾位綠手指的少友們一來，奔上陽台，似閱兵般，幫我拔除稗草，也勸我看到野草得拔，免得營養被分走。在他們眼中，這座仿森林裡的植物花開得稀落，枝葉徒長，可能都長得不及格。

巷仔口有戶人家，年過七十歲的女士種滿鳳仙花、九重葛、麒麟花，每盆都花開富貴般整株飽滿，她的花盆裡無一根雜草，盡舖滿枯葉、曬乾蛋殼、龍眼殼，顯見肥分滿分，唯種花的人不太理人，或許是害羞的植系人。而我的盆栽在自己不捨雜草野花下，且怯於施肥，橫七豎八不夠圓厚密實，植株該開花的時候到了，仍整棵葉子直冒，花信渺茫。放任他後，竟結出沉甸甸的花苞。

自省這束手不管，愛植物又懶於修剪的習性，可能源於讀私立教會國中時，校園裡棵棵鬱鬱蒼蒼的灌木，每隔一陣子，一概理成圓頭狀，像極了我們這些歷經髮禁時代的女生們，不分高矮胖瘦，都頂著一個脖子後冒出一塊青筋，對齊耳上一公分處才准長出頭髮的髮型。

當我有機會看到野草花滋長的英式花園時，相信植物長成他們的樣子，依然可以保持輕逸，那麼，又何勞人越俎代庖呢？潛意識裡，痛恨所有人所有生物都被校準成一個模樣，任由他們以自己的進度，長出原來的模樣。

也許這是懶人的藉口吧。

委屈了，小楊桃

幼年時，很愛鹹鹹甜甜的楊桃冰：經過鹽漬後的楊桃，金黃退卻轉成棕紅色，蠟質光亮果肉有了皺褶，橫切成星星狀，這時就懂得老外為何叫它 star fruit。老爸偶爾會給我們喝止咳潤喉的楊桃湯，也是有鹽有糖略帶酸，喝起來解膩。

✽

值楊桃花開的季節，秋風起兮，斜對面鄰居種了一棵逐漸被人遺忘的楊桃，星星點點小桃紅色花正滿布在總狀圓錐花序上。

自以爲文明的人類和所有動物一樣，再文明仍離不開植物。在水泥叢林裡生活成習，或許感受不到植物的充分必要，甚至就像農業一樣，在我們計算

GDP時，從來只算耕種生產的一級產業，而未把衍生的食品製造業計入，沒人種這些作物，不知要拿什麼來製造？

楊桃的命運跟現代農業差不多。

由於工作的片段性，常處於被追殺狀態，並沒有太多機會可以擱下一切登高望遠，追綠逐野之心只能訴諸於主要活動範圍的城南區。或許是老城區，附近大樹婆娑，走著走著，發現有好幾棵楊桃樹，烏黑平滑的樹幹，枝枒垂墜，甚是飄逸，小庭院家屋會種這種果粒偏小、酸味偏重的楊桃，起碼都有半世紀歷史，這五十年來也標誌了楊桃興衰史。

基本上，楊桃在台灣市場的水果陳列架從過往的主角，早已退到配角，甚至跑龍套的地位了，這不就是現時的農業命運嗎？

幼年時，很愛鹹鹹甜甜的楊桃冰：經過鹽漬後的楊桃，金黃退卻轉成棕紅色，蠟質光亮果肉有了皺褶，橫切成星星狀，這時就懂得老外爲何叫它star fruit。老爸偶爾會給我們喝止咳潤喉的楊桃湯，也是有鹽有糖略帶酸，喝起來解膩，記得也是賣楊桃汁起家的「黑面蔡」訴求點。

那時候，楊桃是主流水果。念女中翹課時，一行五人溜到西門町看電影，最愛的就是中華路的蜜豆冰和成都路的楊桃冰。當年的農夫若種軟枝楊桃，家裡的經濟狀況都不太差。

不知從何時開始，楊桃逐漸爲人唾棄，可能口感有點澀味，不投現代口感之好，加上皮薄，運送時很容易靠傷水傷，又有很難對抗的介殼蟲，無論是產或銷都很費勁，也在台灣外銷市場上節節敗退。

原產於印尼、印度、斯里蘭卡的楊桃，是標準的熱帶植物，也叫陽桃、洋桃，福建人看到它有五個稜，閩南語發「稜」爲「斂」，又稱爲五斂子。除了台灣常見的五斂，還有三斂、六斂，科屬居然是酢漿草科楊桃屬。

結果時，楊桃從嫩青綠色逐漸轉黃，熟果燦爛若金，亮晃晃掛在樹梢，一旦墜落，鐵定會摔個稀巴糊爛的，粗心的人走過，大腳把他深深嵌入柏油路裡，引來果蠅嗡嗡纏，除非大雨沖刷多次，靠人力戳起來挺費事的。可能是這緣故，斜對面鄰居索性把它剪個光凸凸的，誰知愈修剪愈發旺，年年葉花飛舞若狂，入秋就掛滿一串串小桃紅花。鄰近種的都是約兩層樓高的楊桃小喬木，其中一棵種在寺廟外，結實再多仍乏人問津。

嗜甜的人們胃口被養成單一化，入口酸澀的楊桃沒人愛，本事強大的農試單位加緊培育出甘味楊桃，仍擋不住頹勢，從極盛時的卓蘭、莿桐、屏東潮州、里港等地有產，到現在只剩台南楠西、玉井一帶還種植著。

楊桃果實除了直接吃、醃漬、做蜜餞外，做沙拉亦合，或以鹽醃成西式料理裡的鹹菜，我自己會用來搭配肉品，切得細細的，佐烤德國豬腳當是絕配。多年前，因腎臟病患者誤食過多楊桃送醫急診的新聞，讓楊桃更被唾棄，楊桃無辜，懷璧其罪，我還是巴望著楊桃成熟時，跟鄰居開口討些來醃漬。

年底，滿樹小楊桃金黃燦燦，鄰居夫妻採了好幾塑膠盆盛果，他們自家吃不完，七十來歲的兩人靦腆地詢問路過行人，「要不要來一袋楊桃？」路人卻加快腳步，紛紛走避，不知是都市人的淡漠還是楊桃實在沒人愛？鄰居夫妻滿臉尷尬彼此相視，轉身往家門自言自語著：「就說沒人要吧？」

沒幾天，又請人來大肆鋸砍楊桃枝幹，葉子修個精光，樹身剩下半截，模樣像極了以前養的狗被剃過毛的囧樣。

或許是自己的情感投射，老覺得小楊桃，委屈了。

第一株種的植物，變色茉莉與白色聖誕樹

被植物慰藉的每一天，葉色多變與開花植物，都叫自己諦觀好久。植物就是日常，浸潤在綠意之間，喘息輕盈心緒平穩，所以當看到如雲似霧感的白色聖誕樹時，蔥綠色薄圓葉像一對對被潑灑了乳白顏料、粉紅顏料的翅膀，比許多花更翩翩，心都化了。

✽

「如果你馴服我，我們就會彼此需要。你對我來說，就會是這世上的唯一……可是你不要忘記，你永遠得對馴服過的一切負責，你要對玫瑰負責。」每個階段讀《小王子》，裡頭總有幾句話撼動心扉。

喜歡植物，沒什麼高情遠志，純就是耳濡目染，內化成自己的嗜好。

搬出父母家之前，缺乏空間養自己的植物，只能好像玩別人的孩子般，聞一聞賞一賞就還給主人。他們叫什麼名字，知道也好，不知道也罷，勿須牽掛他們，他們也勿須馴服我。

與摯友於郊山疊屋式社區賃屋，夜晚幾無光害，打小就是都市人，竟以為自己終於住進靠近荒野自然之處。

屋主為前市長主祕，只在新聞照片看過他，租約概由其妻或機要之類出面處理。陽台寬闊方正，眺望煙塵渺渺，極目綠意鬱鬱，俯瞰樓下鄰居家有株枝幹有成年男子胳臂粗的櫻花，遠觀別人家的植物遍布滿山，懵懵懂懂的植物魂被搔起，吾友也是「綠黨」同志，透過熟門熟路的鄰居報馬，假日急奔山下的園藝農場。

園藝場外，破破的竹門勉強掩著，推開門剎那，幾個劉姥姥眼神陡然一亮。我們動機純潔，可想要的很多，頗想不切實際地種幾棵大樹。東挑西揀前逛後踅，最後得做出選擇時，種一棵等於種多棵的植物最上選，一眼看中在當時經驗值之外的變色茉莉與白色聖誕樹。

早年，對植物名的了解多半來自於母親，所識得植物並不多，即便到今日，未曾受過正式且完整生物科學訓練的自己，把名字張冠李戴仍時常發生；能夠精準分辨出植物特徵叫出名字固然好，但自己阿Q地以爲茉莉換個名字，依然幽芳。

被植物慰藉的每一天，多變葉色與開花植物，都叫自己諦觀好久。植物就是日常，浸潤在綠意之間，喘息輕盈心緒平穩，所以當看到如雲似霧感的白色聖誕樹時，蔥綠色薄圓葉像一對對被潑灑了乳白顏料、粉紅顏料的翅膀，比許多花更翩翩，心都化了，那蜂或蟲是否會誤闖其中，妄想採粉？

在難以抉擇下，一致決定捧一盆，自此，他們跟我們有了世上唯一的關係，彼此馴服了彼此。

這株「白色聖誕樹」經歷老友在山上的搬遷，幾度換盆，根系日益茁壯，至今安然於她頂樓一隅，還分株出去，跟著另一人家由南郊遷徙到北郊。

到多年後，稍微認眞認起植物的科屬種，方曉得所謂的「白色聖誕樹」是豆科植物含羞亞科植物，華文名字叫「斑葉金龜樹」。我們很晚才認識的斑葉金龜樹早在日治時期，已從遙遠的拉丁美洲、加勒比海輾轉被日本人引進，栽種在台北植物園的圓形溫室入口處多年。《沉默的花樹：台灣外來景觀植物》

寫到，一九〇六年台北苗圃（台北植物園前身）販賣苗木的清單裡，金龜樹的售價是「一年生三錢，二年生六錢，三年生三十錢」，相較於最貴的印度橡膠樹的「一年生四十錢，二年生八十錢，三年生三圓」，便宜甚多。

我們將斑葉金龜樹種在花盆裡，始終以爲他是矮性灌木，查閱資料了解四十年內他可達十二到十五公尺高；倘使土壤條件有利，五、六年內能達十公尺高；金龜樹所結的綠色渲染了紅色的果莢呈環形、鐮刀形，據說煮熟可製成有檸檬水味道的清涼飲料，純觀賞，儼然太小覷金龜樹，可能花盆局限了手足，從未見果莢現身。

變色茉莉，另名番茉莉，早早就被當作觀賞植物引入，只是當年有限的見識未識得此花，也或許如植系作家的少友說的：「植物的流行都一陣子，不流行時，沒有商業價值，就沒有人願意育種。」而這株似乎已在園藝場多年的變色茉莉，一樹從深紫、淺紫邁向白色的花色變化，我們大驚小怪，非要一棵，夜晚才睡得著覺。

他倒是不吝於靜靜地、淺淺地爛漫綻開。我們觀察他先開深紫花，漸地被漂

白似，終成白花，熱帶東非植物誌裡描述他通常被稱爲「昨日、今日、明日，因花色會隨花齡增長而產生由深至淺的變化。」其實花齡不過一日而已。

買下變色茉莉時，並不清楚他爲何叫「茉莉」？與木樨科的茉莉同科嗎？但他是茄科植物。不意雨後放晴的黃昏時，白花飄來一抹香息，是味道呀！花色多變又芬芳，摯友把他照顧的妥妥貼貼，大半生種壞樹百盆植物的自己，從未料到竟有兩棵最早入手的植物經過三十餘年，猶原好端端地在世，縱使不在我身邊，想起他們的姿影與氣息，仍是那麼栩栩那麼馥馥。

多年後，曾經想再找株變色茉莉，遍尋花市未見，卻在友人代管的園藝治療農場「發現」幾株魂縈夢牽已長成大灌木狀的變色茉莉。活動場地玩票布置的我，剪了幾枝正盛開的變色茉莉，插成以「淺山的春天」爲主題的一大籃花，他的確是自己心目中永遠的春天代表，卽使他沒有櫻花的婀娜纖姿，我已不必再對他負責了，但就像初戀般，不常想起，偶然念起，都有個位子在胸中。

薜荔，霹靂得很

對早年就開始採買的薜荔，有種老朋友情誼，捨不得棄置。忘記是從哪撿回一盆慶賀畫展開幕儀式的蘭花，薜荔鋪墊襯底，營造出滿盆蒼碧。

✽

首秋的內湖花市裡花果景象迥異於夏日，餘暑偶一小虐，植物稍得從高溫逐漸釋放，顯得精神起來。此時，進口花材仍居高不下，本島植物則萬樣包羅，品類盛碩，攤開設計師必備的 Pantone 色票——箇中陳列人類持續創造的新色彩，只怕不及攤肆中眾植物姿妍之瑰麗團簇，秋收豐茂盡現其間。各款新鮮花草木裡，夾雜著染成各色妖嬈俗艷的永生花，應付那只盼植物長生不老的奢侈想望。

植物一多，眼花繚亂勢所難免。綠森森的觀音蓮葉一把不過五十元，配哪個好？留意到的當季植物還有：礦物紅色的虎杖如星星點點；掛滿梢的紫珠珠圓玉潤；田代氏澤蘭開出蜜蜂和蝴蝶愛食的粉帶白繖形花；金花石蒜逐朵綻出橙黃煙花般璀璨；舞薑輕盈若單腳飛躍的芭蕾舞伶；猛夏不消一天就垂頭呈鐵鏽色的繡球花，此刻國士無雙般霸氣騰騰；還有最是心儀的天藍尖瓣木與矢車菊，一把數百元起跳，花商透露此刻皆爲貴鬆鬆之進口貨，理由是不著時。

東踅西尋，買什麼好？

繞了整圈，忽瞥見一專賣本土植物店家裡竟有大把帶果的薜荔，一大束三枝，去年十一月著手繪植物，第三張畫的主角卽是薜荔。

這攀緣性植物逢結果期，常惹得自己心頭癢，顆顆鐘形像極了無花果的綠果，靠尖形的尾端微帶白點點，躲在濃密如織的爬藤與卵形葉叢中，玲玲瓏瓏地搔人心癢，得一再按捺自己，才未伸手相拔。

從前還沒那麼瘋魔植物，就開始備幾盆綠色植物在一隅，順手買盆翠綠的

薜荔 桑科榕屬
別名：木蓮、
木饅頭
鬼饅頭
涼粉果

薜荔小盆栽當室內擺飾到是常有的事，但小盆栽的薜荔往往沒空間供他長大，就行枯乾或徒長，儼然一種消耗性的植物。

當時，不曾聯想過那些攀爬於磚牆石牆外的木質枝枒竟是那些小盆栽的成人版，以爲不過一個指甲大小的葉子是常態；小盆薜荔葉形像撲克牌的心形，碧翠如薄紙軋形般，藤蔓呈細鐵絲狀，可列爲哈比人版；牆垣上的薜荔則呈革質卵形葉，正面如上了亮漆發閃，潑霧狀的背面葉脈突起，從未料到他居然還會結果。

或許是眼球效應，老是見薜荔攀爬於學術機構牆上，如綠錦鍛鋪滿臺灣師範大學、中央研究院、殷海光紀念館等外牆，每年九月入秋卽開始零零星星結果，在尋常人的生活，遍布台灣、日本、中國、中南半島，桑科榕屬的薜荔並不陌生，他有個堂親——愛玉。

被認爲是薜荔的同屬變種的愛玉，台灣是其原產地，更是此間人們的酷夏消暑冰品；唯愛玉果實較薜荔大且橢圓，表皮的白色斑點分布更密集，遠比薜荔能洗出來果膠量足夠的果凍。這類榕果唯一與外界相通的通道卽在於頂部一個隱密曲折的小孔，孔洞過小，難以透由蜜蜂或蝴蝶等昆蟲或鳥類授粉；且因同一株的雄花和雌花成熟時間各自不同，絕無可能進行同花授粉，只能依靠可以鑽入榕果內的榕果小蜂這種授粉蜂來完成任務。

成熟的薜荔轉呈絳紫色，別名「木蓮」，也被稱爲「鬼饅頭」，實不知這一名稱從何而來？某些地方則以「涼粉果」、「涼粉藤」稱它，卽因它的種子也能揉搓出膠質，可作出涼粉或如豆腐質感的木綿豆腐。在初次讀到薜荔可揉搓出膠質，作出涼粉後，卽心心念念盼能大大方方採摘成熟的薜荔果實，動手實作，惜至今日仍等不到熟透的果實未能如願。

多年未畫畫，動手第三張就以薜荔入畫，還特地把一顆果實對切開來，裡頭呈現淸麗耀目的山茶紅色，像顆紅印章，細籽滿布，如愛玉和無花果，一摸黏稠沾手，分泌白色乳汁係桑科植物特性，榕屬具有隱頭花序，人們稱它們的果實爲隱花果；常見的雀榕、正榕、愛玉、稜果榕、無花果、菩提樹等俱爲桑科榕屬植物。

對早年就開始採買的薜荔，有種老朋友情誼，捨不得棄置。記不得是從哪撿回一盆慶賀畫展開幕儀式的蘭花，薜荔鋪墊襯底，營造出滿盆蒼碧。展覽結束後，畫家朋友無意攜回紫紅色的蝴蝶蘭，問我是否願意收容他們？不忍見植物被棄置，遂拎了回來，把薜荔與西洋接骨木花種在同一盆，兩者倒也相安無事兀自生長過了三年，直到寒流來襲的春天，盆裡的薜荔萎頓，幾乎不見蹤影，彷彿大限已至，心中略爲不捨，但已算是陪伴自己最久的薜荔，不意春風一吹，他又徒手攀爬出花盆。

凡是可食的植物都多了份戀棧與好奇，畫過它們，更視爲佳客。這天逛遍花市，遇上結果的薜荔，決定當周瓶花就以它爲花魁，再襯以翼果鐵刀木的正黃色花，綴著黃綠珠串相間的金露華，野性橫溢地投入出石燒黃釉老件大花瓶裡，置於上樓玄關處，枝椏落拓開展迎賓，稍微敏感的來客見到他的果實，無不多問兩句，他站在那就如同名稱的諧音，就是十足的「霹靂」。

蓮葉荷田田

蓮花荷花本就是同一種植物的不同稱法，睡蓮則是另一碼事。水生的荷花與睡蓮根莖均埋入水中，喜肥分重養分；若不施肥，奢求開花太勉強；而水下根莖也需要足夠伸展的空間，起碼得給個三十公分直徑的缸盆，讓根莖自在悠游其間。

✽

天轉涼時，花蓮老友傳來一張殘荷照片，艷麗的花瓣已經乾燥褪成烏黑色，她說喜歡我的色彩運用，央我能否畫出來？磨磨蹭蹭之際，發現秋天巷子裡鄰居種了一小缽睡蓮已被淨空，用來盛裝碎鵝卵石。

此前，出門時，路過他，停下來注視一、兩眼，是慣常儀式，鄰居惱怒附近店家任意放狗對著小缽撒尿，氣得以護貝書寫一則警告：「管不好狗尿的，沒資格養狗！」

「大雪」節氣至，無雪的島嶼，淅瀝瀝冬雨裡，鄰居那一小缽睡蓮不再的此刻，臺北植物園的殘荷易顯蕭瑟，天地淒楚盡現於枯莖上，抬頭仰望灰撲撲的天，於這一年將末，體現出悲愴之美。

算來是不會游泳的自己，愛水生植物，不知道是否是種補償心理？還是來自母胎羊水的安全感？見到一汪汪水裡或水邊冒出植物，花狀草狀樹狀，容器是水缽水缸水箱水池湖溪河甚或海，都佇立水邊默默看著潾潾水紋發呆。

昔時，荷花是性好自由的自己唯一略過的水生植物，不喜歡粉色，實因覺得像穿著精緻幼路（iù-lōo）豢養的宮廷女子，還有印象中水墨畫家筆下的荷花，並非不好，卻只有妍麗，缺乏個性，不愛不愛。

人的性格難改，喜惡會變，說不準是金山那一整片牡丹蓮的蓮葉荷田田，讓自己的執念全改觀；抑或是，隨著歲月移步，色彩接納廣度從標準鏡頭幡然成廣角鏡頭，看粉色荷花不僅順眼了，也願意如同修行般提筆畫下他們。

入社會沒幾年在外賃屋後，在媒體工作之餘，還開過一家有座小庭園的手沖咖啡店姑姑筵，慣於每周插花，當時的花卉批發市場在濱江，買菜兼買花。初夏花市開始見睡蓮，淡雅稀微的芳息，挨近一聞，相當舒心，在汗涔涔黏答答臭呼呼的高溫下，常揣度若能製成夏日香水，也是功德一樁。總是喜買靑蓮色、鴨黃色和象牙白色的睡蓮，迥異於植物園常見的荷花顏色——花瓣邊緣從品紅色漸層到洋粉色，底部收成白粉色，說美也美，只是孤傲的潛意識裡不想隨俗，以爲避開粉紅色系，就可坐看人間浮沉。

喜歡花草，未必懂他們。

想說蓮是蓮，荷是荷，蓮花因有宋代周敦頤置身於舟中，昏昏沉沉睡去後，醒來不知是他夢見蓮花，還是蓮花夢見他，寫了《愛蓮說》：「水陸草木之花，可愛者甚蕃。」然則，陶淵明愛菊，李唐以來，世人盛愛牡丹，只有周敦頤獨獨愛蓮的「出淤泥而不染，濯淸漣而不妖」，謂蓮花爲「君子之花」，貼合不黨不群的孤僻心性。相較下，人人讚嘆、藝術家愛畫的荷花，怎能與蓮花相提並論？

認爲荷與蓮是兩種不同植物的謬誤，終被日漸累積的知識給校正過來。

在秋風起兮換季時，落拓不羈的李白信手捻來的「坐看飛霜滿，凋此紅芳年」，正是荷花，亦是蓮花，學名都叫 Nelumbo nucifera 啊。

蓮、荷，古代原指荷花不同的部位，嫩葉浮在水面，成熟後挺水而出的部分爲「荷」；也有一說是莖，取「負荷（ㄏㄜˋ）」之意，可以撐起葉子的重量；蓮，指的是花托以上的果實，蓮藕，爲橫走土裡的地下莖。然而，若說到葉子平貼水面上下的睡蓮，可是此蓮非比蓮，與蓮花（荷花）全然不同的植物，彼此之間親緣關係甚遠。蓮花荷花與睡蓮都是根莖埋入水中，喜肥分重養分，若不施肥，奢求開花太勉強；而水下根莖也需要足夠伸展的空間，起碼得給個三十公分直徑的缸盆，讓根莖自在優游其間。

以人的觀點來看荷花，深具經濟價值，葉、籽實、花、花托均可用，但這種以人爲中心、爲我所用，把花帶離原生地的論點，於許多有名的愛花人，都認爲是殘酷無比的自私。日本美學大師岡倉天心最推崇的惜花人莫過於陶淵明，蹲坐在破籬前與野菊對話，以及專程跑到西湖梅林間，爲梅花的暗香浮動怦然心動的林和靖；這些文人爲了賞花移駕，把植物當作獨立個體，深具佛道精神精髓。

但常人畢竟非佛非神，岡倉天心也承認：「原始時代的人因爲獻上第一個

花環給他的戀人，因此掙脫了獸性，超越了自然本性的粗野，而變得有人性。當他認知到不必要之物（生活非必需品）的微妙用途時，便邁入了藝術的國度。」說到底，人們還是需要花來潤澤心靈，使我們改頭換面的。

人類脫離森林麇集城市，俯伏的森林細胞不時在身子底呼喚我們，使我們常因植物有說不出來的觸動。

年初，吾友赴台東，返北專程捎來一把曬乾的池上稻穗、大坡池的蓮蓬，收乾的花托裡，蓮子晃動著，發出低沉的摳隆摳隆聲，遙遙憶起數年前，一段往事。

那是爲了一個案子，一行四人殺到池上拜訪擅烹和採集已徙居當地的老友處。翌晨，天甫透白帶著鴨蛋青色，素來霸氣的老友手持著高枝剪，大刺刺若俠客出巡似地領著一行人，沿途烏桕樹掛著殘存的灰色爆米花狀果實，大坡池裡蓮蓬簇擁冒出，衆人站定位，老友調教著如何使喚高枝剪；不消幾時，採了滿袋沉沉的蓮蓬。

返回老友家，她囑咐衆人要吃蓮子自己剝，自綠沉色的蓮蓬剝下一顆顆蓮子，蔥青色的外皮是第一層，裡層是牙色蓮子，緊貼著一層透明皮，也得剝除，松花綠蓮心帶苦，以牙籤剔除，才是一顆可食的蓮子。當熱騰騰冒著蒸氣的蓮子端出來時，很懂得「粒粒皆辛苦」的滋味。

初夏赴金山，不為循索西伯利亞來的小白鶴走過的足跡，只想探訪那一片傳言中曾經款待小鶴的荷花田。煙雨濛濛間，再度直接面對荷花，眺望張滿時若碗公大小的牡丹蓮散發出無意識的美，默默散著芳郁氣息，自己敞開心房，再也不對粉紅豎著防禦之心。

捎了一把回家，投入縞色直立瓷瓶；隔日晨起，蓮葉早失水垂頭卷曲，洋粉色與白粉色花瓣毫無防備地盛開下，幾瓣已墜落，稍縱即逝的盛顏，讓自己啥事不顧，著手打起素描，此時，理解那些再三以荷花為主題畫個不休的心，竟是為了捉住那瞬息之美呀。

花瓣終究落了滿桌，一一拾起，與野薑花一同釀成花酒，遙敬在紅塵中給自己帶來慰藉的荷花。

蓮蓬俟收乾後，攜了幾十顆荷花種子，於飄雨霏霏的「種子生活節」上，等待送出去與有心人結緣。活動還沒正式開始，兩旁的愛花人就忙不迭私下交換起來。送出後，終究不知花落誰家，只是揣想著「小荷才露尖尖腳，早有蜻蜓立上頭」在這些惜花人家的光景。

是荷，是蓮，自己學會欣賞她在每個季節的樣態，縱或來年荷花已非今年荷花，昔時往來者彼此情已藐，面向一池灰寒的孤枝，仍殷盼著明年春天初荷再開，這就是生命原色。

黑眼珠，還是白頭翁？

白頭翁係以色列國花之一，這流浪兩千餘年終於建國的國家，迄今還跟四周國家不定時劍拔弩張，當地女性不訴求柔弱形象，白頭翁常被用於婚禮場布，濃艷色彩挺拔像新娘一樣美麗而偉碩。

✽

利用時間碎片，畫最心儀的白頭翁花。

九〇年代開姑姑筵咖啡店時，來了一位在花店打工的男孩，他甚欣賞這店裡的氣質。那年頭，整間店拿裁縫機腳當桌架的只有我們，說實情是四個女子創業經費拮据，腦筋動到以十九世紀浪漫主義時期誕生的鑄鐵裁縫機腳爲咖啡桌腳，上頭架一片玻璃，鋪上桌巾，不失爲一種風格。當時所有朋友一見著廢棄裁縫機機腳，無不趕緊通知我們。男孩混熟後，不期來幫我們插花。他是那種天生就能讓植物呈現出最美樣態的奇手。

每周，我們赴濱江花市買些怪花異木，愈少見愈心頭好，讓每桌的植物姿容各自表述。一回，採買了白頭翁花，男孩跟我說這花叫「黑眼珠」，花中間圓球狀的構造看起來確實很像黑眼珠；日後知曉是聚合的心皮，花開之後，會呈現像華髮滿頭的樣態，「白頭翁」稱謂由來自此。

白頭翁花與我們那只爲客人添加涼水的陶壺圖案競相呼應。在台灣還沒買過白頭翁本尊前，就喜歡各種繪白頭翁花的畫；姑姑筵店裡的陶製水壺，自己選了一只淺灰色的胖肚子義大利壺，上面繪著矢車菊、紅罌粟花、靛藍白頭翁花，彼時我嚮往溫帶花園的似錦繁花，從南歐旅返，寄情於這只陶壺。我們日日用這把壺替客人醍壺添水，一如掃地僧的素常功課。

毛茛科植物的白頭翁，花瓣若薄紙片般，含苞時整苞披著絨毛，欲說還羞地微微張口，色彩瑰麗飽和，我開始拾起畫筆後，才知道他的色彩：洋紅色、桃紅色、靛青色、紫藤色、白色等，幾乎都是明度最高張的，姿態則有婷婷挺立，或彎延旖旎。乍見即無可救藥地迷戀；日後見著，若不買一把心底就惦記久久。

我所主編版面的作者之一，在雲南工作的植物學家主動提要寫一篇「綠絨蒿」——他不辭千里跋涉四千公尺高的橫斷山，只為一睹看到最鍾情的植物，當他傳來照片時，啊！可不就是放大版的白頭翁？我完全可以理解全世界何以有一群群瘋狂擁戴被稱為「高山牡丹」的綠絨蒿狂熱信徒，無濁純正的色彩，薄透若蝶翼的花瓣，人在大自然要怎麼踐得起來？

白頭翁生長在地中海附近，冬末進入盛花期，整片花海壯觀若老天潑翻了超級巨缸的顏料，就明白離春天已不遠。

回頭說，那位巧手的男孩把一叢「黑眼珠」紮成一個球狀，彩度極高的奼紫嫣紅，從三百六十度都看得到每朵花的黑眼珠，彷彿要對你吐露心聲，再適合新娘捧花不過了。

自己的念頭竟無獨有偶。白頭翁係以色列國花之一，這流浪兩千餘年終於建國的國家，迄今還跟四周國家不定時劍拔弩張，當地女性不訴求柔弱形象，白頭翁常被用於婚禮場布，濃艷色彩挺拔像新娘一樣美麗而偉碩。

許多畫家都畫過白頭翁，以畫睡蓮留下盛名的莫內於一八八三年在吉維尼買了一小塊土地定居後，栽種數百種植物，親手打造他自己的伊甸園，其中許許多多的植物都曾入他的畫框裡。他所繪油畫媒材的白頭翁，色彩光影很印象畫派，未上釉的素燒陶盆裡簇簇冒出蟾蜍綠、薄荷綠、玉簪綠的綠葉叢中長出靛藍帶紫、麗春紅、鵝黃帶紅的白頭翁。另一幅插在繪著花朵的胖肚瓶大叢珊瑚紅的白頭翁，衆人愛賞他的睡蓮，我獨鍾白頭翁。

如此偏愛「黑眼珠」，怎麼查都查不到這別名，或許是當年花市的攤商逕自望形生義，爲白頭翁取了這別名。自己還是喜歡「黑眼珠」多過於「白頭翁」，畢竟她的傳說是花神芙蘿拉嫉妒阿蓮莫蓮和風神瑞比修斯相戀情，把阿蓮莫蓮變成了銀蓮花，那一顆顆黑眼珠像是阿蓮莫蓮款款清深地訴衷曲。

衆花爭妍的春日花市裡，紅白紫白頭翁被綁成一束束的季節，明知耐不了幾天，還是要了一把紮成團狀。多年前，把我們帶回來的植物攤在桌上，逐一綑成球狀的男孩日後從事攝影工作，不知花在他的生活裡是否還占有一席之地？

畫這張畫，刻意降低彩度，因爲艷色的藏花紅和桔梗紫一不小心就會俗掉。

庭園咖啡的小院落

買進茉莉花、龍吐珠，一定要有一棵緬梔，幾個女子七手八腳汗水涔涔地填土栽種，特別設計了小鑄鐵門，行過的人都看得見這方微型花園，打烊時栓妥，防君子不防小人更不防貓犬……

✽

二十世紀末，和三位朋友合開一家咖啡店姑姑筵，起因是一趟峇里島之旅。時隔三十年，不時碰到有人說他們曾到過姑姑筵。睽違多年的廣播爵士樂主持人蘇重甚至戲稱我爲「庭園咖啡教母」，是有原因的。

出國還沒像走灶腳般方便的年代，透過旅行社辦護照辦簽證，赴香港不算之外，開眼界出國的第一個地方是處在低度開發仍純樸的峇里島。當地澳洲、紐西蘭、德國、北歐各國的白種人觀光客居多，台灣人有限，我們一行四個女子總被當作日本人。

那趟旅途中確實遇過幾團日本女孩，即使氣溫攝氏三六、三七度，照穿絲襪，臉部化妝周全，「你們有看過白著一張臉、腳蹬拖鞋的日本女生嗎？」當我們被誤爲扶桑國女子時，莫不如此齊聲回覆。

住進遼闊的竹構 Villa，眼見的是庭園蓊翠似森林；嗅聞的是緬梔處處，這植物是童年庭院的主角，五瓣乳白花到了中間渲出黃心，香息拂面沁入心脾；聽的是木琴、鑼鼓、竹笛、弦樂器彈奏的甘美朗音樂；入口的是豐美食物，餐餐都有青蛙腿，我們吃得心滿意足，卻發現離用餐涼亭不遠處有一坑青蛙爭先恐後向上躍，瞧一眼密集恐懼症即刻發作，從此謝絕了田雞腿。差一步就是天堂的破口出在羅布斯塔咖啡委實太難喝，年輕的我們都酗現磨現沖的阿拉比卡咖啡，晨晨哀嘆沒有好咖啡可喝，竟誓願要開一家餐好咖啡也好的咖啡店。

返台後，正學著手沖咖啡的我們，把信口開河的誓願說給開攝影藝廊的朋友聽，她把戲言作實話。聽說遼寧街有一透天厝一樓要出租，古道熱腸地逼我們看房子，半推半就之下，四個女子平均出資湊了四股，天高地厚抛一邊地在巷弄開起咖啡店。

社會運動鋪天蓋地騷動的年代，隨時有各種交鋒跌宕的局面，得保持高度敏感上工作崗位，同時也張羅開店的點滴瑣務，諸事交錯軋在一起，得空就往店址跑，蹲在門前跟各種師傅問東問西，偷學點行話與工程眉角，當工程拖延或師傅想另闢蹊徑時，竟可拿來以子之矛攻子之盾。

有些師傅一來，跟我們說話時臉上掛著不解的詭異曖昧微笑。經一位師傅點化才知：「他們以爲開在巷弄的咖啡店，又都是女的，應該是做黑的。」我們啞然失笑，的確，彼時小巷弄開店還不時興，更未聞「文青咖啡店」之稱，也甚少人煞費周章非要搞出一座小庭院。

逢政情激烈變化的年代，常處在高張的警民對峙場合，神經長期繃到極致，心目中理想的店頭非得花木扶疏。

讓泥水師傅打掉一樓戶外的水泥地，訂購數十袋陽明山土，一批不夠用，復又訂了一批。買進茉莉花、龍吐珠、使君子，一定要有一棵緬梔，幾個女子七手八腳汗水涔涔地塡土栽種，特別設計了小鑄鐵門，行過的人都看得見這方

微型花園，打烊時栓妥，防君子不防小人更不防貓犬，早晨開店時，有隨手丟置的垃圾與動物排遺再正常不過。

種植物，仍得有些知識，光是喜歡，未必種得巧。

挑了那幾種植物，香氣沁人的茉莉顯然種錯位置。爲什麼想要種茉莉？除了清甜馥馤的氣息外，當時自己喜用美體小舖牌的茉莉香油，還曾買過小茉莉花團，供水數天後，白花漫出粉紅色澤，說不出的秀雅，就想要種個一整排。

茉莉性好溫暖濕潤微酸性的腐質土，含點砂質，陽光充足，能促使頂生或腋生的白花繁開；我們卻錯種在沿牆邊易積水，光線較欠缺之處，濕澇難排，幾年未見茉莉開過花，還不及自家陽台上的開花率。然既已種下，縱未開花，卵形葉仍燦綠，枝椏仍繁茂，當作賞葉，讓那排茉莉沿壁安立。

想一樹綠瀑蔽陰，曾動念種富士紫藤，但幾番種在盆子的經驗覺得要他開花頗難；後來才知道是來自於熱帶非洲的龍吐珠則隨手種，花泛開，色彩又是那時喜歡的白色，三片乳白苞片合抱，從中探出紅色花瓣，復又吐信似地鬚狀白花蕊偌長，被象形說成猛龍噴焰，是爲「龍吐珠」名由來。年年溽暑之際，龍開始吐珠，一路吐到近冬時節，起初花開如瀑，十分密集；三年後，枝條漸粗，也漸稀落，常伸往左邊房東家出入口，易起爭端，我們得趕緊修剪。

店家以整片透明窗玻璃爲牆，當時並不普遍，穿過小院落，可望進店裡頭因爲買不起昂貴桌子索性拿裁縫機腳爲架的桌子，各桌植物各自不一，純因店老闆的好奇心使然。每周逛花市兼菜市的濱江市場，緊俏多姿的花卉、虯結奇形的樹幹、珍稀罕見的小草，只要價格合宜，店裡負擔得起，買了再說；負擔不起，就自掏腰包，這種行徑說來也是「貪眼目的情欲」。

礙於工作的調度，日夜打理的店頂讓給人。點交當日，回頭一眼迅步邁開，接續者經營十餘年收掉。期間多次經過，伸長脖子彳亍門外觀看植物依舊在，緬梔照開，從來沒敢踏進過，那種無法言說的情緒，自己明白。

那條巷子曾在我們開店後，陸續有六至七家小舖，如今巷弄店鋪皆盡消失了，梭巡幾回都無一彷彿，小院落回復成水泥地停車場，聞不到緬梔乘風來的氣息。

或許因閒適而開的咖啡店並非年輕時的人生志業，終究得不告而別，也換來那一院落植物終究得不告而別。

三.

自己家的

自組家庭後的每個成員，視之為野草花。
無論知不知其名，野草花是不能被豢養的。

有植物所在的地方就是人家，我的陽台上盡是自己飄來或動物帶來的野草花，或不時撿拾被人棄置的植物，與他們之間的緣起緣滅像是一種因緣際會，終究有其興衰起落。

之於各種關係，採取管得愈少愈能長久的作風，少了步步為營的慧黠，輕輕判斷一條界線，淡淡隨彼此的心各自所悅。

對待那一棵棵私淑的植物，除了澆水之外，自己甚少做人為干預，莫過度殷切，他們所帶來的喜樂，超過所求所想。

角落植物

野草花是不能被豢養的，你帶著激情，揣著各種心境，一再靠向角落植物，看著他們在耗盡地力的盆裡老死，等待月曆翻過一疊後，芽尖以肉眼幾乎無法察覺的尺寸冒出，在寸盆中演替著「生死寂滅，榮枯隨緣」。

✽

從來沒想過會寫一本植物與自己的書，正確來說，做媒體工作數十年，寫別人的想法看法說法故事，身上累積諸多外掛之物，雖說寫報導要有自己的觀點，但仍是隱身在「他人」之後。

「他人」多半是顯赫者，社會地位顯赫、知識顯赫、才華顯赫、資產顯赫，當你站在這些顯赫者前方，向他們提問時，他們才是主角，沒人有興趣了解報導者的想法與看法，報導者常被以爲沒有足以和顯赫者匹配的智性。逐漸地，報導者成了「失想者」與「失語者」，有點像《刺蝟的優雅》裡那個常被視而不見的粗鄙門房荷妮，獨自把讀過的書、聽過的音樂、看過的畫、聞過的風塞滿在心靈密室裡，自得其樂地反芻。

當報導者不得不在公眾場合現身時，你養成一種習慣——不主動打招呼，相信有幾面交集的顯赫者肯定認不出你，保持距離遠遠地看眼前一齣齣舞台劇，望著人們的名片、情報、對等地位的種種交換，你往往悄然束起背包自行離去，現今有個「角落生物」的名詞足堪涵蓋這種生物的諸般行徑。

當「角落生物」是植物控時，對「角落植物」更有種情感投射。舉凡芒草、小葉冷水麻、半土夏、小飛揚草、益母草、毛車前草、紫花藿香薊、倒地鈴之類，人們視而不見的野草花特別寬容，無論是自家花盆或梭遊鄉野間，若能覓著可食的野草莓——刺波，可從來不顧得刺，用指尖一剝，逕往嘴裡送，甜不甜根本不是重點，或許可說是一種僻居角落的自我滿足。

野草花們逕自飄來花盆裡，角落生物並不急著拔除，任由他們蔓拓開來。

而別名爲「透明草」的小葉冷水麻，是角落植物裡最出類拔萃的一號角色。他擅長把自身玲玲瓏瓏鋪排成植被狀，小小小圓葉密密往上攀升，忽焉間就拔到十五、二十公分高，只見一公厘大小，從紅到粉紅到綠白往頂端暈開的花，彈出恰似一團煙火的花粉，得拿起放大鏡或老花眼鏡才能看清楚這一簇簇的迷你捧花，於晨曦間，掛滿微微顫動的露珠，那時覺得他另一個稱號「小號珠仔草」實在太恰如其名。

野草花是不能被豢養的，你帶著激情，揣著各種心境，一再靠向角落植物，看著他們在耗盡地力的盆裡老死，等待月曆翻過一疊後，芽尖以肉眼幾乎無法察覺的尺寸冒出，在寸盆中演替著「生死寂滅，榮枯隨緣」。

植物所在的地方就是人家，人家不再的時候，植物恢復了綠盈盈的姿容，在人們眼中卻如蓬頭垢面的棄兒。

孩子年幼時，常與他共讀一本《再見小樹林》繪本，插畫家張又然繪出一個愛待在小閣樓的小男孩，他日夜望向窗外的一片廢墟，裡頭大樹成蔭，枝枒大大伸展開來，重重疊疊的葉片遮蔽了天空，陽光穿透枝葉間隙，觸拂著樹下的灌木叢、地被，樹上的大黃花邊開邊結滿果子；臨暗之後，動物全數出動，貓頭鷹、松鼠、野兔、白鷺鷥、五色鳥與貛，夜夜開趴。直到人們的家——高樓大廈拔地而起，拆毀了一方小樹林，動物們四散逃逸，植物們已無寸土可容身。

這種野趣橫溢的小樹林，對自己有種無可言喻的親切感。

年少時的我曾瞞著大人，在可觸及的所有荒地裡，躡足潛入這種小樹林之中，一方面捏著膽子，一方面深怕爬蟲類無聲無息從腳端竄過，卻又壓抑不了搜尋驚喜探掘野草花的欲望。一回又一回無懼於萬一有冷血動物滑向腳邊，試圖尋覓鋸齒裂片的葉子像苦瓜葉，果實氣囊狀的野草，一顆顆膨膨臉比孩子手上的氣球更誘人憐惜。

隔了許久，才知道倒地鈴是這小紅氣囊植物的名字。

幾度到東部公出時，荒煙野地裡迸出鼓脹著臉的三稜角蒴果，茜紅色自稜邊渲開成柳色，剝開網紋熟果囊，漆黑滾圓的種子完美無瑕地畫了一個乳白色心型面對你，任誰都招架不住地想擁有他，這植物太懂得生存之道了。

順手採了幾條藤，揣了幾顆蒴果，拜託他們安住在花盆裡。

怎麼試，天氣不時濕冷的北台灣老種不起來。有一回曾在內湖花市見到，立刻帶走一環。中南部人都覺得奇怪，這不是四處蔓延攀爬、甚至常被人欲意拔除消滅的野草嗎？

試問若種得起來，何須買？

說他是跟欒樹同爲無患子科，一藤一樹，外觀天差地遠，唯看蒴果，是有那麼點親族血緣關聯。

鼓脹的蒴果揪心地惹人注目，日本人命名總帶詩意，稱他爲「風船葛」，其他名號如天燈籠、三角燈籠、燈籠朴、粽子草、風鈴草、三角朴等，活脫脫像日本時代小說裡的命名，就算擔當日本小說家三浦紫苑、連城三紀彥作品裡的植物，也不違和。那場景合該是漫擴在整片野地裡，動物幻化成的人物遙遙從滿地蒴果中絕袂而去……，這樣想，也太一廂情願，畢竟他只能生長在熱帶地區啊。

小住東台灣的那幾天，耶穌光殘存的夕陽裡，腦中的地圖攪亂之前，騎過荒煙漫草的廢棄農地，鼓漲漲紅酡酡的蒴果探出鏽蝕鐵欄杆，採了幾枝，順手繞成草環，掛上暫榻之處，如此，成就了家的味道。

比起這些就著一丁點土地兀自生長的角落植物，眞正軟腳的是人。

人常想著要消滅什麼，消滅跟你意見不合的個人、群體，消滅你認爲他不該存在的植物、動物；最後，也許想消滅的短暫被滅了。隔了一段人類堪稱長的時光，萬物好整以暇又冒出來，曾被消滅過的人事物，藉凡隱藏的沒有不顯露之姿，春風吹又生。

像我這樣軟腳的角落生物，離不開堅強的植物。那些急吼吼老想消滅植物的人，則不自覺地表現得較角落生物更軟腳。

爲孩子插一瓶花

兒子回來，家裡都先插妥一瓶花，是我的《哈利波特》九又四分之三月台，從熟稔卻繁忙偶有緊急狀況的工作場域前進陌生的育兒世界，高齡新手媽媽很需要魔法。

✽

吾生兒晚矣，常自我調侃是「超級老蚌生珠」，曾有段時間同業之間煩惱生子之事，總有人會端出我來勸勉對方莫要氣餒。

工作占自己人生的權重特高。

兒子來報到前兩天，我才告知同事預產期已到，必得放下工作待產；前一天，才照著生兒前輩所傳來的清單，照章採買生產的種種物品；當晚，偕室友去聽傳統樂團隊於山林食坊的演奏；直到預產日早晨才開始打包，本想自然產的我，赴醫院時，主治醫師說：「還沒開指，要自然產就得請妳回去。」

向來沒耐性的自己哪受得了來回折騰？要求正在看門診的醫師直接剖腹就好。

「剖腹？有看好時辰嗎？」

「看您的時間，您門診後休息一下，就可以幫我剖腹。」

醫師也很阿莎力，門診後立刻接生了吾兒，護理師抱來包著藍浴巾、額頭被產鉗夾得有點紫青印痕的新生兒，用他的手腳碰碰打了麻藥的我說：「這是妳 Baby 的手，這是他的腳。」

恍如身處夢境的自己從兩人世界變成三人世界。新生兒軟趴趴地，我連怎麼抱都笨拙異常，直抱橫抱無所適從。產婦一日得吃六餐，還得哺餵兒子，老狗最難就是學新把戲，明明是冬天，卻整治出一身大汗。每日上門探視的訪客盈門，一天在八組人馬的「意外驚喜」探訪之後，自己大肆崩潰，再不撤離，恐罹產後憂鬱症。

逃回娘家，吃了無數隔空抓藥的補品——么妹看中醫時，讓醫師電話問診，抓回方子，讓母親幫我燉雞燉魚燉豬腳，一鍋未完一鍋又起。做完無法洗頭洗澡渾身焦躁的月子，重返工作崗位，本想替兒子找保母，但娘家父母捨不得黃疸未退的孫子，讓他日日在阿公阿嬤家陽光最充足的客廳前方曬太陽。

工作時間每個月常有八到十天必須加班到夜晚十一、二點，甚至更晚的自己，和室友約定每天都要回娘家看兒子。奇妙的是還襁褓中的兒子每晚都眼巴巴等爸媽來，說一陣子話才肯睏去。若沒等到，他就卜晝卜夜張大眼睛盼呀盼，怎麼哄都不肯入眠；或許他至今晚睡的習慣自嬰兒時期已養成。

不加班的三個禮拜周末，接兒子回來，家裡都先插妥一瓶花，是我的《哈利波特》九又四分之三月台，從熟稔卻繁忙偶有緊急狀況的工作場域前進陌生的育兒世界，高齡新手媽媽很需要魔法。

當時工作之處附近有家「花店」，說是花店不過是借老公寓一樓樓梯間鬻花爲生、人稱「田媽媽」處，她賣的花比一般社區型花店多些選擇，除了四季千篇一律的香水百合、菊花、滿天星、星辰花、文心蘭之外，多些當令花材的選擇；別家花店一枝枝計價，蘭花類還要數數有幾朵花，以花的數量結帳，田媽媽都整束販售，價格是別人的五分之一到三分之一；只要超過兩天未賣出的花，田媽媽不再賣，索性贈送熟客，買兩把花最後老捧回三四把。

孩子託父母帶，爲了就近娘家，從郊區新宅一樓搬到市中心的老宅二樓，窗外兩株構樹招展，陽光穿透，照得窗玻璃晶亮若鏡，光影投射，把窗外構樹與室內瓶花倒影灑得鮮活裊裊，按照季節插上：粉色薑荷花、奶白鐵炮百合、蔥綠桔梗、珠白野薑花、黃色與紫色睡蓮、大理花、混色玫瑰、飛燕草、波斯菊、金魚草、陸蓮等，隨四時映色。

偶有整天案牘勞形，沒空小憩離開辦公室買花，就在老宅院落裡剪幾枝朱槿，或是抱兒在院子裡摘一朵蜜汁沁舌的朱槿吸允，嬰兒時期的他不懂吸花蜜，做媽的只管吸得渾然忘我。

午後，伴著孩子睡著了又醒來，日晷已位移，室內光線如放下簾子，瓶花若剪影，影身晃晃婷婷，指給兒子看，不知他可懂？

母親常說帶吾兒：「他一個人沒出聲時，就是在做壞事。」他曾經在母親午睡時，把一支全新口紅塗得滿臉，站在半夢半醒的阿嬤面前，阿嬤恍惚間被眼前這紅臉關公嚇醒，驚聲尖叫，小孩順手再把滿手胭脂往阿嬤的床單大手大腳抹幾把；阿嬤儉腸捏肚才買的新乳液，被他大剌剌倒得整個梳妝台；整罐痱子粉撒了滿地，被發現後，兒子再把一地的白粉抹個滿臉⋯⋯。

種種豐功偉業，家母仍「沒齒難忘」，一聽說每周帶他回家都插一瓶花，不可思議地說：「他手那麼好賤，怎麼不會毀了妳的花？」

「不會，從他很小的時候，每次回來，我都跟他說：『這是媽媽幫你插的花，是你的花喲。』他真的從來沒毀過任何一朵花或一片葉子。」

說是偷，太嚴重

於植物，沒有分別心，不求稀珍。望向陽台，撿來的植物可多了，都是些人們眼中的「平凡之輩」，更沒幾盆原生植物。我看所謂的「原生」與「外來」只是先來後到之別而已，只要不堅壁清野奪取其他植物的生長空間至無立錐之地，都一概想給他們幾許方寸。

✽

到處探險撿東西，是打小不能跟父母說的習性。

巷弄間牆角屢見冒出來帶根的長春花、翠蘆莉，這些外來植物長到一個高度，常被人家清理拔除殆盡，偶爾返家手上抓一枝連根帶葉帶花的，兒子說：

「妳又偷植物了。」

說是偷，太嚴重。

小學五、六年級，到同學搬到木柵的家，還真因偷採柳丁、金針花，被人追；往後，無論心多癢，即便是果實出牆，收斂起明目張膽採人家種的植物。

出社會三、五年，遇到大學時期的老師，見面沒幾句就勸還沒結婚成家的我搬出父母家，自立門戶，熱心地幫我物色了新店郊山他那綠意渾然的社區房子。搬上山後，我和一起租屋的老友揀拾癖好大發，凡奇異牌老電風扇、老椅凳、老石臼、木製彈葯箱、跟美製冰箱同寬度的樟木箱等都成家居一隅。

那段日子，周間風風火火於風起雲湧的社會運動中跑新聞，周日沒事，總想從喧塵中拔出泥足，寧做絕對放鬆的安排，或身坐陽台，俯瞰十里紅塵人間煙火；或赴各鄰居家作客，彷若暫歇於桃花源。

即便下山，頂多往一家至今還經營的園藝場，賞植物買花木。一行幾個女子的腦子裡老盤算著：「這家園子老闆欠不欠兼差幫手？要是能學到種植竅門有多好！」等不切實際的念頭。要不就出巡山間的廢棄民宅，借了膽的我們歡喜其中，壓根不知道要怕，就算雜草漫漶也視作菲菲芳草，躡足邁入，搜尋老碗盆、磚塊、木匾之類，甚至被棄置還有兩三分生氣的盆栽植物，也順手拎回。

算不算侵占？彼時並未多想，也無心多探那些房舍究係何因以至於斷壁殘垣、人去樓空，只單純以爲掏拾廢墟裡的東西，算是物盡其用也延長植物生命。

婚後，室友和我都是母親口中的「撿垃圾族」，他拾得的東西數量和品質戰功彪炳，算是我師傅級的。除了自己在附近廢墟挖了兩株姑婆芋外，陽台上不少是他從外頭搶回被棄置的孤兒植物，像託孤給我似地，「反正妳愛種呀。」

大疫期間，諸事暫歇，兩人天天於春末夏初的涼夜裡散步，低頭搜尋的本該是我，暈黃光下他倒眼尖起來，一盆半傾僅於三枝單薄葉片的紫色酢漿草被甩在人行道中央，「撿回去種吧。」「沒帶袋子出門。」室友的「馬蓋先」本事總即時發揮，負責扛回門，後續的照顧就我看著辦。

查看被救回來的紫色酢漿草，葉片是如同暗眠的凝夜紫色，分布於中美洲迄圭亞那、巴拉圭，有些地方以酢漿草爲藥草，也吃他；我偶爾會因爲嘗鮮，取酢漿草莖取帶酸味，丟進沙拉缽裡。這株可能骨子欠佳，只多長出十幾條莖葉，未見欣欣向榮，仲春逐漸悠悠吐出小喇叭狀的紫蕊，澆水之外，我甚少插手干預。

佇立三樓窗台的圓葉椒草，被丟棄在防火巷的角落，發現他時，這種隨便插枝就可以活的植物，本該圓厚晶亮的葉片萎頓失色，鬱積得似乎快喘不過氣，連盆子都殘缺。

搶救回來，先行添土，換了一只向城南某座花園管理者要來的米色陶盆，讓他先在頂樓陽台接受雨天甘霖晴天陽光的滋潤，並不急著要他更新。一陣子，新綠攀出，移往三樓窗櫺外，逐漸茂盛密實，偶爾沒空買鮮花，也搬他進屋，眷顧著我這很需要綠意的人。每每出外返回時，我定抬頭仰望陽台上出牆的眾植物，圓葉椒草像個篤定的戍衛，瞧著他，一身風塵都被滌淨。

一日，室友搬回一盆完全垂頭喪氣的美鐵芋，葉垂莖倒神采盡失。從熱帶非洲引進的美鐵芋，森綠葉片卵形尖尾，鋪了一層亮晃晃的天然蠟質，光線映照下，閃閃金光，葉子層層對生於木質般的地下莖，莖本身則由下至上肥粗厚實地堅挺伸展；或許焯焯葉片像元寶，被賦予「金錢樹」俗名，常被用以祝賀創業或開幕的贈禮。弔詭地是，既然是象徵賺大錢發大財的寓意，卻常見受禮者美鐵芋被棄置角落，任憑枯槁蒙塵，整株無精打采。

美鐵芋生長在潮濕至乾燥的常綠森林、林地裡乾燥且樹木繁茂的草地、灌木叢，甚至長在岩石上，遷徙台灣後，據說是天然空氣濾淨器，勿須仰賴太多陽光，多半時間都成爲室內嬌客。室友撿回家那盆，一段時日後，喪氣不再，莖葉肥壯，只是擱置室外陽台，比鄰老宅拆除，正在大興土木蓋豪宅之下，他和圓葉椒草的葉面都披上一層灰。母親以前都會用蛋殼裡殘餘蛋白汁液擦拭家中客廳那棵龜背芋，常保瑩瑩閃閃若鏡面，採佛系種植心態的自己是否也該效法母親，把這棵美鐵芋連帶圓葉椒草好生打理打理？

於植物，沒有分別心，不求稀珍。望向陽台，撿來的植物可多了，都是些人們眼中的「平凡之輩」，更沒幾盆原生植物。

我看所謂的「原生」與「外來」只是先來後到之別而已，只要不堅壁清野奪取其他植物的生長空間至無立錐之地，都一概想給他們幾許方寸。也許在生物學家眼中，這種想法太迂闊天真；然而，總想著暫居於穹蒼之下、黃土之上的我們有什麼權力決定萬物的生與死？判定他物的來去？這與生俱來的痴心，讓我們坐擁滿滿類雜林，享受枝枝葉葉帶來的愉快舒暢，已經算得上今生的恩典了，至於原生外來就交給術業有專攻者。

攀岩高手，川七

下了公車還得徒步往山裡走的草山農家，沿山壁上攀滿活生生的川七本尊，如掌般碩大厚實的深綠心型圓葉，城裡來的親友無不見獵心喜，每人都要採個一、兩袋。但婆婆的餐桌從不會出現川七或任何野菜……

✽

世居陽明山的老爺，常被我戲稱爲「草山原住民」，幾代種柑橘，以前他阿公還養國蘭。山上老家周邊都是竹林和各種闊葉樹，上面攀爬了各種藤蔓，尤其是川七無邊無際的滋生著。

認識他之前，都市俗的我，只看過餐廳裡以蔴油和薑炒的川七，非常喜歡點這道野菜，常被人家警告說有些狀況不能吃，或許是被搞混成中藥的三七了。

下了公車還得徒步往山裡走的草山農家，沿山壁上攀滿活生生的川七本尊，如掌般碩大厚實的深綠心型圓葉，城裡來的親友無不見獵心喜，每人都要採個一、兩袋。但婆婆的餐桌從不會出現川七或任何野菜；若是原住民，特別是阿美族人，八成早就把四周的野菜用得淋漓盡致了。可能閩南後裔習慣吃種植出來的蔬菜，那肥肥碩碩的川七就任它恣意亂長。

老爺似乎也不太愛這味野菜，以前偶爾兩人上市場，每回想買川七，他必定出手制止：「幹嘛買？山上到處都是！」反問他：「你幾時回山上呢？」吃東西本來就是一時滿足口腹的衝動。

既然不給買，只能看到就採。農家出身的老爺對農務毫無興趣，倒是我這標準都會長大的女子有著濃濃的農家魂。某一日，留意及城南的工作室旁竟冒出川七，而且是在無人管的防火巷裡沿著人孔蓋往上攀爬，估計它是從對面人家飄來的籽實，順土就開始落地生根，不多時，已長成一大片綠瀑布。

逢秋，也稱洋落葵、落葵薯的川七滿滿穗狀白花。小小塊成熟的塊莖——零餘子，就可蔓生出好大一叢，甚至當珠芽成熟後，蹦落到任何牆角，稍有點土，也照常泛濫；以藤蔓扦插也可活，不得不佩服其生命力的強韌。

通常落葵指的是皇宮菜，枝葉也是黏稠的，但洋落葵則指的是這種攀緣性甚強，常纏繞著其他植物，生長迅速，密密麻麻包住其他植物，被攀爬纏繞的植物因而無法行光合作用致死，說起來，其性差可比擬滿山遍野的小花蔓澤蘭，俗稱爲川七、藤三七以及串花藤。

洋落葵從巴西引進台灣，從上世紀的七〇年代至今，幾經栽培馴化，現遍布全台各地，從平地到低海拔區。花序呈毛茸狀的長穗狀花序，成熟植株的葉腋上及莖基部可長出瘤塊狀的綠色無性分生芽，或稱珠芽團。

據說可以改善血糖的洋落葵，其瘤塊狀珠芽像極了三七這種中藥，也正是雲南白藥的主要成分，雲南人叫三七，分類上被歸爲五加科人蔘屬。洋落葵屬藤蔓植物，因此以「藤三七」區隔中藥三七。

約在一九八七年左右，熱炒店彷若社會運動般崛起，洋落葵從山產野菜餐廳登場；爾後，大量出現在各熱炒店裡，爆薑片炒麻油，一概稱它爲川七，常被混淆成雲南白藥的藥材；起初，在當年的物價水準下，小小一盤就要一百元起跳。或許因爲繁殖力太強，經年後價格逐漸平穩。

這種植物的侵入性極強，澳洲政府已將它列爲不准買賣的植物，偏偏它太會長，一旦引進，就像小花蔓澤蘭一般，請神容易送神難。

上回採了一些，就隨手擱著，三天無水，它的葉子依然飽飽的。晨起採了十來片，看它生長的範圍又擴大了，很替這棟樓房擔憂。

一回訪尖石鄉泰雅族的工作坊亦氾濫著川七，沿磚壁長滿朝天，主人們吃素，但顯然川七不列在蔬食菜單裡，僅只是滿山遍野的野生植物之一而已。

坪林三代種茶的茶農家稻埕邊、菜園圍牆上攀滿欉欉洋落葵，葉片肥厚呈蠟質，葉子脫落的藤上隔約七、八公分就長一顆零餘子，茶農太太招待午餐，寧可撐著傘蹲在採收自己在菜園栽種的地瓜葉，未曾採摘半片洋落葵。

問他們可曾採過「川七」來吃？

「從來沒有，聽說性偏涼。」

看來川七眞的不是農家的菜。

強韌到匪夷所思，青葙

靠著田界欄杆、穗狀花序、一支支小小雞毛撢子的紫紅野雞冠花——青葙恣意妄長，襯著背景遼闊的深淺翠色拼圖，他雖然沒有高山植物那般充滿魔性光澤，仍極富生命力地恣意招展。

✽

以往工作得跑五湖四海，罕覺疲憊勞煩，因爲總有當地好食可吃，常自尋趣味，自得其樂，處處風景皆勝，每到一處，若可覓得當地植物，即深悅己心。有段時間，常有機會跑東海岸，在燦盛的綠疇間，心緒自然爽闊，靠著田界欄杆、穗狀花序、一支支小小雞毛撢子的紫紅野雞冠花——青葙恣意妄長，襯著背景遼闊的深淺翠色拼圖，他雖然沒有高山植物那般充滿魔性光澤，仍極富生命力地恣意招展，如果青葙花被封存在琥珀裡，照常也會在時光的金色寶箱裡閃閃發亮，讓天地之間的小塵如我置身此地，很懂多位老友何以捨塵囂斷諸緣，定居於此的心念。

海南人稱之爲「狗尾草」的青葙，生長環境應以海拔一千米上下處，少見人工栽培，如今卻常在東台灣田野相遇，甚至雲林一位建築師的庭園中也整欉碩碩澎澎。

韌性甚強的莧科青葙屬的青葙，一年生草本植物，廣布全球，從寒帶、溫帶、亞熱帶、熱帶及非洲熱帶均有分布，生存本事之強，匪夷所思。

在台灣大學的臺灣物種名錄、中央研究院生物多樣性研究中心均登錄了原生種的「台東青葙」，據說數量極少。依紀錄所載，僅曾在屏東與台東找到過，所採集的樣品也十分有限，那麼，眼前所見的或許是青葙，而非台東青葙。

曾經以吃爲重的自己，認識植物泰半以能製作食物爲主。看似野放圍籬草、帶苦味的青葙嫩葉嫩莖，可除苦味食其野菜味。青葙種子在藥典裡名爲「青葙子」，煎服能收清肝明目之效。青葙子炒熟後，據聞得加工成各種甜食，走到哪，容易滋長的粉色青葙花左右搖擺著，動念想種，正想著明日要不要來收集一點點？那一趟收集的青葙子塞在哪件外套口袋已不可考。有心栽花花的確不開，青葙子好像中了咒詛，順手把所採集的播進花盆裡，始終都無聲無息。

吾友從港返台工作，廚藝大噴發，周周上濱江市場搜尋罕見菜蔬瓜果香料，夏南瓜花、火龍果花、糖果甜菜、雨來菇、奶油南瓜、赤道櫻草等，喜新念舊的他用遍各種新鮮時蔬，尚且不過癮，索性自購種子在陽台種起香料植物，其中他以爲買的是芫荽種子，幼苗冒出來後，與芫荽相去甚遠；從線上觀看，我判斷是越南芫荽，友人拎了兩棵到家相送。

待枝枒拚命抽長時，赫然辨出是青葙，怎麼播種都不發，卻誤打誤撞得來全不費工夫。青葙從盛夏一路花開到初冬，花朵雖小了點，每天早晨的陽台，這意外的意外之花凌空上竄，每個淸晨都抖擻起來。

寒冬串珠，紫珠

山間遍滿爭先恐後、團團聚串的珠子，紫色鮮麗到頗像我兒念蒙特梭利幼稚園的算術串珠，撩撥得我心癢難耐。

✽

總是濕答答的東北角，是我探索生物多樣性的植物園，特別是貢寮水梯田尖的小草花，也是我沿途尋覓紫珠蹤影的淺山樂園。

座落在貢寮老街，被友人煞費心力整理告一段落的素樸雅緻老屋，插著一大瓶山上採集的野花葉，紫珠纍纍在其間，目光自然而然盯著，友人輕輕柔柔道，「它們很容易長，順手一插就活，農夫喜歡種紫珠當圍籬樹。」

喝過兩盞暖沁心的炒米糠茶後，我們起身往山走，帶老爺眺望心目中覺得全台最美的梯田，我則不改植物粉心性，兩眼滴溜穿過雨絲轉，想著若能採集到紫珠來插，多好。

另一位友人則傳來山間遍滿爭先恐後、團團聚串的珠子，紫色鮮麗到頗像我兒念蒙特梭利幼稚園的算術串珠，撩撥得我心癢難耐。

是日，驅車上山，果不負所望，道路兩旁高達一米多的野長紫珠，將雨勢拋在身後，友人幫忙擷採一枝，稀疏掛著幾片鬈曲的乾葉，珠子不夠茂密，反有枯索蕭瑟之貌。

返家，且插這枝紫珠，卻跟誰都不搭，索性任她孤一枝舒展。

紫珠，這名字百分百象形；杜虹，其名端莊優雅；細觀紫珠，葉子若馬鞭草科，的確是同一科；聚繖花絮的花開時若撐開的粉撲，幾乎是自己最鍾情的植物形貌，有一說他開花狀有如螃蟹所吐白沫，得「螃蟹花」名，叢叢青蓮紫的花冠間伸出一支柱挺著金黃色花藥，野性堅強卻也頭角崢嶸，讓人在山野行進時，絕對定睛於她。

台灣爲紫珠原產地，分布在海拔一千八百公尺亞熱帶次生林間，另有日本、菲律賓、中國華南，也見紫珠。花絨絨果串串，頗具豐盛熱鬧之感，從野地引往園林，栽培出園藝種。

多數植物事典都指稱，「杜虹花開期爲春季，尤以四月天，台灣全島各郊野地上披著粉紅彩衣，小花密集成錦簇花團，一節節張滿了枝頭。」初夏，改披一樹新綠，形成幼果，漸由新綠轉成淡紫，終成絳紫色熟果，久久高掛枝頭不墜濕濡冬日間，雨洗果實，珠光晶瑩；在高級的花材店裡，也可見應時雪青成串的紫珠熟果；他的花更是台灣三線蝶幼蟲的糧草。

民間對於紫珠有許許多多關於療效之說，甚至有一說甚至指出紫珠樹皮和樟樹樹皮合嚼可以代替檳榔，想必「山檳榔」一稱是由此來。

忘了因俗務多久沒赴東北角，心中常牽念沿階而上的綠汪汪水梯田，護庇無數動植物的「新生物避難所」，不能遷居當地，亦難以野地尋草，常想把紫珠引進小陽台，與小花十萬錯、鳥仔花比鄰而居，模擬一座野花園。

可遍尋種苗園、花市不得見，竟於一藥草園尋獲，被列爲稀有藥用植物，

逾百種植物的陽台已無紫珠可站立之處，突然放下「擁有」的執念，點了包括紫珠幾株原生植物，送往植物新手的朋友家，等待他能有一日能分享杜虹垂下成串紫串珠，也是一種植物粉討論傳遞植物訊息的喜出望外。

妝點秋末的餐桌，忍冬

最記得一株正綻放的忍冬花，輕靈舞姿般的白色脣形花先行，漸漸變身成黃花，白黃同株相映，這也是另一名「金銀花」的由來；雄蕊和花柱均纖纖翻飛蹺起，還未開的嫩綠花苞個個昂首向天。

✽

以前常常逛農夫市集，但自己卻很怕跟每位農夫熟悉起來，每周末見他們從大老遠搬東西進入城市，手腳麻利地卸貨擺定農作物和加工品。收攤時，東西賣不完，婦人之仁的自己若不交關，不減少他們搬運回去的貨量，心裡會很過意不去。因此，跟農夫們始終維持著有點熟又不那麼熟的關係。

喜歡種植物、買花草的自己，也有個放在心上的賣花媽媽，那是曾經上班八年餘辦公室附近的田媽媽，她還餵食幾隻流浪貓，賣花營生地點在一幢老公寓的二樓，連個店面都不算，上下鄰居准許她把每天進來的花擺在樓梯間，以便讓路人經過看到。

以往，每周都會跟田媽媽買一到三把植物，透過她的植物數算節氣，買到她知道妳很怕香水百合的氣味，喜歡怪怪少見的植物；她會告訴妳：「那不要買了，已經不新鮮囉。」離開那工作後，罕能買到新鮮硬挺還耐得了好幾天的切花，價格卻都是田媽媽的一點五到三倍以上，往往插個兩天就垂頭喪氣。

日後，只要經過那一帶，必定會繞過去，看看田媽媽在不在？買幾把植物。

在離田媽媽一站的地方辦完事，近傍晚時，本可直接返回工作的，想想又在那站下車，穿過巷弄，遠遠看到公寓樓梯間的燈亮著，田媽媽在，「好久不見妳，剛好來這辦事嗎？現在就這些花了。」挑了一大束艷果金絲桃和忍冬，喜歡那小小圓圓紅與黑果實從對生的綠葉竄出的模樣。田媽媽體貼地剪短枝枒，一來讓妳插的時候好處理，二來減輕搭捷運時提著的重量。

造物者在創造春夏兩季後，對秋天特別溺愛，所有的色彩都是一筆疊上一筆的油彩，彷彿要把天地可用的色彩與顏料盡都展露在這季節，暖黃鮮橘穠紅墨綠，賞得應接不暇。

秋末淡水行沿途賞不盡的花果樹，最記得一株正綻放的忍冬花，輕靈舞姿般的白色唇形花先行，漸漸變身成黃花，白黃同株相映，這也是另一名「金銀花」的由來；雄蕊和花柱均纖纖翻飛踢起，還未開的嫩綠花苞個個昂首向天。這株被赤褐色的藤撐得好高，聞不到，我不死心地猛抬頭憑空用力嗅聞它的清香。

自古忍冬就被當作清熱解毒藥材，以乾燥後的花蕊入藥，從不缺席於各中藥藥譜裡，依稀記得父親藥方裡常提及這一味，只是從未把中藥材金銀花和活生生的忍冬連起來。

忍冬同時也是可食的花朵，名列數百種可食花朵之一，供廚師們把大盤子當作畫布，揮灑雀躍其間；甚至有一說法是冷飲中若加了可食花朵，喝起來尤其爽口，不妨在檸檬汁、冰茶上飾點可食花瓣，我的陽台上種了一株忍冬，總在夏季三三兩兩開幾朵花，哪捨得把他們摘了丟進飲料裡。

以前閱讀翻譯的西方文學，不時會讀到「忍冬」、「冬青」這兩種植物，沒

來由地喜愛這兩個名字。或許亞熱帶人對白皚皚的雪都有種莫名浪漫的想像，望文生義——忍耐度過寒冬，在冰雪大地間猶維持青綠。

別誤以爲忍冬也原生於歐美等地，忍冬係東亞植物，中國許多地方都見其踪，蔓延到日本與朝鮮半島，性喜中低海拔地區，上了一千五百公尺高度就罕見蹤跡。多半採野生姿態在溪河兩岸、山澗灌木叢、疏林等濕氣較重的地區。

忍冬在各個地方都別有稱謂：金銀藤、風藤、銀藤、二色花藤、二寶藤、右轉藤子、密桷藤，兩種顏色並列，河南人直白地叫「二花」，在福建則有個漂亮的名字——「鴛鴦藤」。忍冬，據我自己種的經驗，需要足夠水分，夏天稍一疏忽，葉子就垂頭喪氣，多年生半常綠纏繞灌木，細長的小枝裡面中空，卵形葉對生，仔細瞧瞧，枝葉遍布柔毛和腺毛。在中、日、韓等溫、寒帶地區花開於夏季，我種的多半在夏末秋季見花，再結成球形漿果，熟時呈黑色。

假日賴床起身，檢查買自於田媽媽的艷果金絲桃，已插了六天，葉子依然挺拔，只有一顆果漸次轉成墨黑，藤蔓狀的忍冬比較沒精神沒入鏡，年輕朋友特地寄來的新豐筆柿、中埔的黃金板栗，以及市集裡清心農場送的無花果醬，我讓他們合影像一幅秋日豐收圖擺在餐桌上，瀰漫著幸福的寧謐。

田媽媽賣的花比其他花店撐得久，別人一枝枝計價，她整把花只賺良心利潤，放了超過兩天的就半相送，是眞眞切切的童叟一視同仁。大疫年間，她說整天盼不到一個客人；買花幾年，每次看到她的白髮日益增生，只有見到熟客來，不管你買花與否，那發自內心的笑容未曾收斂，最後總拎著自己買的，以及田媽媽說放了兩天不能賣的幾袋花沉甸甸地回家，也因此，始終給我在那一站下車的理由。

請把我帶走，仙人掌

別以為仙人掌是植物裡的駱駝，不吃不喝就活得肥墩精實，豈知它們面臨滅絕的風險遠高於其他被評估的植物群，百分之三十一被列為極危、瀕危或易危；這被視為新奇的觀賞植物迭遭非法採集、人類對乾旱所造成的負面影響，於仙人掌的生存威脅猶烈。

✽

多肉植物，尤其是仙人掌，人人都說好種，始終是我的罩門，老養它們不活。不單單因爲它們刺犽犽的，最大問題出在拿捏不準水量，認識許多黑手指都能養得胖墩墩，自己的從根腐趴去，屢試不爽，只好視植株上的針刺爲上刀山的阿鼻地獄，保持距離，以策多肉植物的長命百歲，不碰他們，爲長年的養植物守則。

學校畢業後，曾任某心理學家的研究助理。掏挖並直面人性幽微的心理學老闆常於如廁大小解後，長長的人中憋緊，嘴角向上地浮出一抹神祕而幸福的笑容，頭一回，他先是自顧自地笑了半天，終於忍不住形容起他當天的排泄物長度與形狀；多時相處，視這種對話爲表徵老闆身心健康之日常話題，小助理早見怪不怪，見招拆招。

偌大結實老檜木書架環繞的研究室裡，終日埋首學問的老闆養了兩小株仙人掌。一日，老闆拿了個空杯子淨手去，返回後，逕以杯中液體往仙人掌澆。

「我給它們加點養分。」老闆說著，又露出他的神祕幸福笑容。

「那是什麼呀？」小助理打破沙鍋。

「我的尿呀！」見老闆的洋洋得意，小助理面不改色無情地吐槽說：

「小心它們得了尿毒症。」

小助理雖已非兒童，無忌之語倒一語成讖；未幾，仙人掌們魂歸離恨天，究竟是澆水過多還是老闆的尿太毒？未經化驗答案無人知曉，心理學家已做仙多年，見到多肉植物，這段上個世紀的往事就在眼前拉開。

倥傯間，寄情於植物日深，讀沈從文給張兆和的信：「男子愛而變成糊塗東西，是任何教育不能使他變聰敏一點的，除了那愛是不誠實。」自己對植物亦是一片癡傻，偏偏植物心難測，明明養得綠光水華，開花的開花，豈知開完後，頓時枝朽葉禿，片甲不留，也不知哪裡得罪了他，要這般尋死尋活徒留空盆棄你而去？

自己不解植物心的愧疚，於結識幾位植物達人後，信必得救般地獲得赦免。園藝系教授說一年生草花，本該一年就讓他回家；從幼稚園開始養植物，既有學理基礎，更有實務經驗的植系人透露他也無法保證所種的植物都永保安康，於栽種數百種蕨類植物之前，他也嘗試錯誤過不知讓多少植物魂銷魄散，而多肉也是他的罩門。種植物，儼然是糊里糊塗開始，再走上清清楚楚的過程；當你忐忑度過屢種屢死的摸索階段，也許就是出黑暗入光明的開始。

或許不少人直觀認爲植物沒啥用，養來幹嘛？說這話時，他們可能正在勸戒同桌的食伴要多吃青菜呢。可食植物自有其價值，但多肉植物般渾身埋著各型各款鋒利如針的「明器」，即便想取食可食品種如金武扇，也得冒著像不懼於被螃蟹螯夾手的風險，勇於擔起「第一個吃螃蟹的人」般，承受起針刺插入指尖卻又難以拔除的微微痛感。

人類爲了吃，上窮碧落下黃泉，相對於饕餮級食客打開金武扇仙人掌，魏紅色汁液汩汩流淌時，那霎那的快意，小小刺痛想必微乎其微；但我這人什麼風險都可冒，唯有痛感常被自己誇大。

有一年，澎湖島嶼行，騎著腳踏車梭巡小島，十五分鐘後卽被炙陽熱吻到渾身若蝦殼，曬紅曬黑都小事，怕是接下來似小鹿斑比的脫皮期，想到就痛。

還好住的旅館老闆娘搬出祕方，她切開肥碩的蘆薈葉，讓我雙臂與頸背覆蓋上透明晶瑩厚實的蘆薈膠，「這樣就會消腫，一定不會脫皮的。」祕方奏效，絲毫未脫皮，卻因爲忍不住碰了仙人掌，針刺拔不出來，換來另一種痛苦，以至於第一次舔著紫紅色仙人掌冰棒的印象卻老與多肉刺牢牢連結，痛感銘刻海馬迴上，更堅定多肉絕不進家門的意念。

憶想仙人掌冰酸勁清麗，作爲熾烈烈澎湖島的消暑聖品，委實一大功德，史料記載這種食用仙人掌「金武扇」原產於南美洲東南部，荷治時期荷蘭人從爪哇引進澎湖，遂化爲當地代表性植物之一，盛夏到了澎湖諸島，非嗑幾枝殷紅的仙人掌冰。

金武扇仙人掌明刺之外還有暗刺，以爲摘下來拔掉刺就可入口，卻不免被軟刺暗算卡喉；儘管可食，還可提煉出一種具威士忌味道的酒精，也可作爲人類世界還未發展出合成染料的紅色來源——胭脂蟲的食物，卻被全球入侵物種數據庫列爲農業雜草、環境雜草或有害雜草；當它被引入部分太平洋地區，蔓延成群成災，南非反過來導入胭脂蟲，吸附在金武扇仙人掌外表，把汁液啜飲個痛快，堪可說是斷水斷電，戮斷金武扇仙人掌的生路，遏止了氾濫。

我的綠手指朋友們喜歡多肉植物者，把寶石放在他們面前，八成會選多肉。它們視仙人掌爲瑰寶，照顧時常被細密小針扎入，仍爲伊遭噬終不悔。我常不解這種針噬之戀究係何時蔚然成風？

非食用的觀賞性仙人掌嚆矢於園藝大本營的彰化田尾，當地有幾座多肉與仙人掌園，不畏硬軟刺走過一甲子，先後在一九五〇年代打日本進口。當年田尾花農不懂該怎麼進口植物，竟然委託位在嘉義，台灣第一家現代化書店的蘭記書局統一購買。

這家在日治時期爲了推動漢文閱讀而於一九一九年成立的書店，早於林獻堂的中央書局、連橫的連雅堂書局、蔣渭水的文化書局，並稱日治時期「台灣四大書局」，創辦人黃茂盛行事風格創新大膽，勇於爲人所不爲，日治時期，敢於出版漢文讀本，進口日文書籍；二戰後，因應田尾園藝農場的需求，反正都是熟門熟路的貿易，挑起日本花苗市場的進口貿易角色。

若非赴倫敦，邱園溫室裡碩大無朋的仙人掌撼動視覺，幾乎不曾想起這種植物的存在。

我以爲仙人掌是植物裡的駱駝，不吃不喝就活得肥墩精實，豈知它們面臨滅絕的風險遠高於其他被評估的植物群，百分之三十一被列爲極危、瀕危或易危；這被視爲新奇的觀賞植物迭遭非法採集、人類對乾旱所造成的負面影響，於仙人掌的生存威脅猶烈；而全世界仙人掌愛好者都深知一個事實：許多仙人掌分布的地理面積特別小，尤其生長在建築業甚喜歡開採的巴西石英岩、粉色花崗岩山脊上的仙人掌，棲地搖搖欲墜。多數種群規模很小，分散分布在草地露出的岩石上，即使建立大型公園和保護區也無法庇護這些孤立的小型種群，研究人員力促啓動巴西仙人掌計畫。

兩年前，踅行台北植物園時，我走向往昔略過的多肉區，仙人掌於自己，開始有點意義似地，按下 iPhone 12 的鏡頭，手機裡有一柱擎天、狼牙棒、簇生的尖刺、向天招展的三杈狀，「喂！你們打哪來？」對它們委實陌生，一一瞧著解說牌，未放在心上，「反正你們不是我的菜。」

與多肉植物保持多年相敬如冰的距離，在一個豪雨沖刷的午後被扭轉了。那日，拎著幾袋植物，走出花市，坐在金屬公園椅等候的室友踢踢腳內側，一袋凝著水珠的紅白塑膠袋裡頭五個三吋盆裡，各有一顆仙人掌探出頭，說：「我已經觀察很久了，沒有人來。可能是有人買了太多植物，車子一來載，帶走大盆的，小盆的被留下來，它們長得眞好看，要不要帶回去種？」

「沒辦法，我不敢養多肉，多肉都被我養死，而且它們刺好多。」

沒有立卽想認識它們誰是誰的好奇心，舉棋不定下，恍然憶起曾讀過歐亨利短篇小說《仙人掌》裡那冒充精通西班牙語的崔斯戴爾，「從詞典的旮旮旯旯裡蒐集了些古老而隱晦的西班牙諺語，然後拿到俱樂部賣弄。」當他向彼此戀慕的美麗女孩求婚後，全心等待好消息。隔天，女孩送來一盆只有一個西班牙文標籤：「請把我帶走」的仙人掌後，不解其意的崔斯戴爾未做任何表白，女孩態度冷淡拉下臉，迅速宣布了要嫁給他人的喜訊；出席前幾天才把他當帝王膜拜的女孩婚禮，崔斯戴爾百思不得其解回想過程。我可別像他一般看不懂仙人掌上的標籤吧。

室友不容我猶豫，麻利地撈起紅白塑膠袋交給我，五盆帶著大小粗細各自不同刺的仙人掌似乎也催促著：「請把我帶走。」

自己伸手一接，立時被小刺螫到。

四.

旅途的

小逃離，離開熟悉的地方，戴著濾鏡探索陌生地方的植物，再也沒有比形形色色的旅途植物更美的景色：氣味濃烈的白瓣紅芯小花雞屎藤、一整樹金黃或艷紅的火刺木、披頭散髮的粉紙扇。京都初見白色波浪般的日照花；倫敦邱園目不暇給的辛夷饗宴；徒步瑞典小島與森林，以為整個世界都被歐石楠、杜松子、藍莓、蔓越莓充滿。

旅途可近可遠，案牘勞形之下，拋開手邊一切，於白千層狂熱綻放的人行道，仿效蜜蜂親近他們，植物不僅讓人心曠神怡，更關照人們穩定平衡的需要，無論知不知道他們的名字。

秋天覓蜜，欒樹祕密

追問蜂家，是否全是欒樹蜜？蜂家如此妙答，「台灣欒樹為主，可能摻有白千層和野人蔘，應該稱百花蜜較恰當。」更說，「真正的蜜源可能要問蜜蜂，因為將近兩百萬隻蜜蜂，很難知道她們去哪裡採的蜜？哪種樹的花？只能說謝謝蜜蜂。」

✽

凡花開如煙火爆開的植物，嗜蜜如熊的人常巴望著他們的給力蜜源；儘管自己曾被蜜蜂螫到大拇指腫脹像剛炸出鍋的甜不辣，那無法遏止的覓蜜熱情，仍處於小熊維尼等級的瘋魔。台灣欒樹趁著氣溫下降之秋，黃金撢簇簇於整棵樹，樹下的人心底開始盤算，「怎麼沒人來放蜂箱呀？花這麼多，蜜怎會少呢？」

雖不嗜甜，然食蜜卻無異於食花，每種花傳遞出的香氣與吐納都埋進那滴滴蜜蜜中，花若異，味必有別，與其說自己嗜蜜，不如說是對風土的喜新戀舊；如果對味道夠敏銳，將可嘗出其中的風土紋理，精通於咖啡杯測的虎鼻師們肯定分辨得出來。

當年宜蘭縣民眾投票選縣樹，台灣欒樹崢嶸出線，彼時只對可食的果樹感興趣，聽聞台灣欒樹冒出頭，開始打量這樹稀奇之處何在，但我也跟多數對植物視而不見的人們一樣，只看見開花植物的亮麗，根本忽略了這種早佇立在敦化南路多年的行道樹。

經過已逝老友點化，自己四季也粗略觀察變化後，不得不對樹幹皮粗如鱗的欒樹另眼相待——春天葉梢星星點點布上淺紅色嫩芽；夏日最沉穩，葉色幾呈墨綠；秋季更教人咋舌讚嘆，遠遠見彷若一叢叢朝天的鑲紅黃金撢，閃亮亮地摩肩擦踵於一樹；十月初，靜悄悄地變身成三瓣蟬翼似的燈籠型粉紅蒴果，如顆顆氣囊叮叮噹噹隨風擺呀搖地；臨冬時，苞片脫落，乾枯的蒴果安靜地轉爲褐色，四季變裝，雖非開花植物大開時的茂盛，但風貌迥然不同，眞眞切切是「四色樹」，也頗能引來喜歡數大則美的人們。

對凡物都要問可不可吃的人們，欒樹爲有用之用，不僅具清熱止咳除風火之效，還全株均可用，只是味道過於苦澀。

正港台灣原生種的欒樹和無患子樹、龍眼樹、荔枝樹都是無患子科的表親。細細鋸齒狀的二回羽狀複葉互生或對生，很像苦楝樹，變成苦楝樹的大舅子，因而有了「苦楝舅」名號。

曾看過椿象啃噬欒樹大餐，正大快朵頤的椿象完全不理會我這局外人。每年秋分後，逐漸開出圓錐花序，授粉後的雌花結出粉紅色苞片。不論藥性，我最關心的還是到底找得到欒樹蜜與否？不負饕餮的渴慕，在循線追尋參與禁用類尼古丁農藥，以挽救蜜蜂慘遭滅絕的倡議者中，赫然發現一位養蜂的退休校長，他家秋蜜主要以欒樹蜜爲主！

進入秋末，採集戰力強大的蜂兒已準備收工冬眠去，揪了一群年輕媽媽買到最後幾瓶，這批售罄，得看下周蜂兒採不採得到新蜜？

不免爲自己的識貨忘形起來。追問蜂家，是否全是欒樹蜜？蜂家如此妙答，「台灣欒樹爲主，可能摻有白千層和野人蔘，應該稱百花蜜較恰當。」更說，「眞正的蜜源可能要問蜜蜂，因爲將近兩百萬隻蜜蜂，很難知道牠們去哪裡採的蜜？哪種樹的花？只能說謝謝蜜蜂，感恩。」

盼著新鮮當季欒花蜜的到來，撿拾欒樹蒴果畫了多年來第一張水彩畫，未見兩顆蒴果、兩片葉子的形狀顏色是一模一樣的，每片葉子每顆果實每枝枝枒每棵樹都是獨一無二的，手調配著水彩，暗自想著，「單是欒樹就如此了，人類想蓋巴別塔的心願從未斷念，可是人怎麼能與天鬥？與天比高呢？」

是行道樹也是蜜源佳樹，白千層

據說，亞熱帶氣候地區，秋日正是養蜂的良辰吉時，一來分蜂，二來蜜源植物正值盛花期，尤其是所居的城南區域，白千層貫穿整條東西向道路，再沒有比這更能催趕從不偷懶的小蜜蜂嗡嗡嗡急出巡。

✽

九月金秋，恰逢許多植物盛花期，蜂兒趕在缺糧的冬季前，抓緊時間儲存糧草，殷勤往返採蜜。白千層作爲極佳的蜜源植物，繼五月春末第一次開花，此時，白色絨毛的穗狀花序再度如引信拉開般炸滿一樹。仔細一看，宛若一支支奶瓶刷子狀，有個別名叫「白奶瓶刷子樹」；開完花，半球型蒴果將成排沿著老枝冒出。

剝皮樹、脫皮樹、相思仔、日本相思等，指的都是白千層，單是白千層屬就有一百種以上。十九世紀就引進台灣、原鄉在澳洲的白千層屬植物，隸屬於桃金孃科，這科植物通常富含精油，包括桃金孃、澳洲茶樹、桉樹、尤加利、檸檬尤加利等。

千層樹花色有白、黃、綠、粉紅還有紅千層屬的紅花，花序有別於白千層屬，以前開咖啡店時，逛花市採買蔬菜花果，逢紅色奶瓶刷子樹開花之際，必要買回插個幾瓶，引得客人好奇頻問說「這是什麼花？」

白千層的樹皮剝他千遍也剝不完，一層接一層，想知道白千層到底芳齡幾多，只要細數他的層層樹皮到底有幾層，便可得知。只是老樹樹瘤盤據，新皮貼著殘留的老皮長出，老皮夾雜著新皮，有如百衲被似地，枝枒或向上或斜長，甚或往下垂，看起來無精打采，還頗邋遢。

幼時覺得這樹忒醜的，聽說樹皮可當橡皮擦，小手賤賤地忍不住要剝掉一層又一層老皮，希望給他改頭換面。直到十多年前，曾粗淺摸索過芳香療法，才知桃金孃科的木本精油味道特別帶勁，當精神靡頓或呼吸道受阻時，盛一盆剛沸騰的熱水，滴個兩、三滴，鼻塞頓時暢通、對這類外貌欠佳的植物恭敬起來，說來自己對植物的價值衡量也未免太功利。

吾家小兒幼時，曾飼養過各種甲蟲，對甲蟲生長環境瞭如指掌，阿母則是植物控，略知哪些植物可引蟲駐足。有一回，邀小兒上山賞植物，竟遭他回說：「我對植物沒興趣，不用找我。」爲娘的立馬反脣：「沒有植物，看你的甲蟲喝西北風。」

想養蜜蜂的念頭不曾斷念，卽使曾被東方蜂叮咬而致拇指腫大過。讀美國詩人艾蜜莉・狄金生的詩，她常把蜜蜂當作靈感和擬聲詞的來源，蜜蜂是她的「嗡嗡海盜」，春風吹送時，牠們如同海盜般在她的春日花園流連，爲夏天準備補給品。據說，亞熱帶氣候地區，秋日正是養蜂的良辰吉時，一來分蜂，二來蜜源植物正値盛花期，尤其是所居的城南區域，白千層貫穿整條東西向道路，再沒有比這更能催趕從不偷懶的小蜜蜂嗡嗡急出巡。

把想養蜂的訊息經放送後，做歐式麵包的基隆友人扛來一落「繼箱」，所謂的繼箱，是在原有的蜂箱上再加一層箱子，供蜜蜂儲蜜之用。根據「城市養蜂」社群的說明，由於蜜蜂會把蜂蜜儲存在巢房的上層，下層育幼，一些養蜂人爲了取得雜質較少的蜂蜜，會選擇使用繼箱，並在繼箱與幼蟲相之間使用隔王板。然而，使用繼箱有其條件限制，蜜蜂數量得要多，且進蜜量要充足，通常使用時機都是流蜜期。

吾友告知說這箱裡都是中華蜂，體型較小，採蜜能力遠不及義大利蜂，通常業餘養蜂人才養。他還囑咐，蜜蜂性格甚爲溫馴，除非牠們感受到威脅時，才會發動攻擊，「別擋住蜜蜂的路線，避免滿身香水。」

小蜜蜂們來的翌日，憑藉著與生俱來的強大適應力，天猶暗沉時早已出門勤做工了。返箱時，六足攜帶了白色花粉粒，老爺拍了照片，傳給吾友看，「看來你們那環境優質，而且應該有幼蟲剛出生。」

經友人叮囑縱使蜜蜂不直接在此採蜜，仍宜多種些植物於陽台間，營造出適於蜂兒居住的氤氳之鄉，可激揚起牠們旺盛的覓蜜行動，我的植物師出有名地從十來棵爆棚到接近兩百棵。

蜜蜂們在工作室頂樓陽台住了七個月，我們進進出出，彼此相安無事，意外地是個頭大中華蜂三倍有餘、黑黃相間的虎頭蜂不時來刺探，趕緊上網查詢，原來虎頭蜂流連蜂箱外是準備伺機獵食回巢蜂，掄起掃把劈頭就打，幾乎可說

戰無不克地讓虎頭蜂一箭斃命；每每滅虎後，都被自己那股狠勁驚嚇。

養蜂多時後，友人捎訊說將要來取蜂蜜，也帶走蜜蜂，心底不免不捨。業餘養蜂不必餵食牠們，走動陽台間，牠們偶爾嗡嗡繞在身旁，確實有種萬物和諧共處的暖意，虎頭蜂當然除外。少了嗡嗡嗡聲，悵然失落。

取蜜當日，戴了防護面罩身穿防護衣的吾友，謹小慎微地逐層打開繼箱，一個個六角形的蜂蠟裡灌滿琥珀色的膏狀蜜，伸手抹幾滴，有股微焦的蜜地瓜味，採自方圓百里內的白千層花蜜，吾友解說，「這就是所謂的封蓋蜜，蜜蜂採蜜回來後，放入巢房，牠們再不斷搧風，促使水分降低，蜂蜜含水量被搧降到百分之二十以下，算是釀造完成，才好保存，也叫做『熟成蜜』。」

當下喜孜孜地分了兩盒封蓋蜜，當作寄蜂箱酬金，吾友扛起繼箱，綁在腰間，蜜蜂們要回家了。

事隔數月，前往老爺存放底片處，順道赴吾友麵包店交關，問起那群曾寄居我家的中華蜂近況，居然在分蜂後整群徙往他處，只能相對唏噓惋惜。

每逢到了白千層花於路中島和人行道上一刷刷打開的春秋兩季，就想著到底該不該再養一箱蜜蜂呢？

一整個嬉皮風，粉紙扇

逢開花時期，桃紅色花被片充滿節慶的熱鬧趴替感，花只要能兜來傳粉者，就有機會讓各種顏色發揮作用，能指引昆蟲到儲蜜或花粉的地方。仔細觀察粉紙扇，作工可一點也不含糊，花萼上還有工筆描摹的細網狀紋路。

✽

可能天生反骨吧。

愈是不按牌理出牌，愈是長得奇形怪狀又好看的東西，愈會被他們所吸引。這花長得如垂墜紙片的粉紙扇，樹幹細瘦到根本撐不住那滿頭披頭散髮也似的花萼，好像披頭四那年代的髮型。其實眞正的花係金黃色星狀小小朵，很快掉落。每次看到它們，觀察它的姿態，都要多拍個幾張。雖說已到了沒有非要不可的階段，若正巧遇到有植株販售，不買一株，我想自己會寢食難安的。

世間若只有不開花的苔蘚、蕨類、蘇鐵等不開花植物，沒有七彩繽紛的花，人類的世界必將死寂失色。

花，被視爲植物的生殖器，我們吃的用的離不開得靠花繁殖的植物，我們被花朵環繞時，等於被植物的生殖器環繞。我們常被這些各色各樣、長得千姿萬態的花朵震懾不已，巨花馬兜鈴被嘲笑成「阿嬤的大內褲」，魔芋開花的腐屍腥臭讓人掩鼻奔逃，掌葉蘋婆開花惡臭不堪，都有他們生態演化的必要，以及造物者埋得各種詭譎奇巧的哏。據說在熱帶雨林或沙漠裡，有些蘭花號稱自己有花粉或花蜜，傳粉者聞風前來，卻發現蘭花根本就是行銷高手，完全是掛羊頭賣狗肉的幌子，只能拎著甩也甩不開的藤黃色花粉袋離開，去他處設法找蜜塡飽肚子，還得外帶回去餵一窩子嗷嗷待哺的幼蟲與雌蜂。

「有些花提供的食物獎賞就是花自己身上的食物。」傳粉生態學家史蒂芬．巴克曼談到有些植物花被片的頂端，含有豐富蛋白質的疙瘩狀構造，是露尾甲和隱翅蟲的最愛。有的花被片還是一項特異功能——蜜源的標記，淌著甜蜜

蜜的汁液，通知傳粉者「這裡有蜜，歡迎來採」的路標。還有些花瓣是昆蟲的咖啡館，任牠們坐在其上渾然忘我地調情。

那麼，屬於茜草科，正式名稱爲粉葉金花，別名粉萼花、粉紙扇的植物，他花瓣的作用是否也是充滿甜美陷阱呢？自然界的食物鏈讓人類常自以爲是地以管窺天，永遠有規則中的例外。倒是尤其喜歡「粉紙扇」之名，取這名的人可能看過京劇裡，搖著羽毛扇的諸葛亮，羽扇綸巾，談笑用兵。整株如同藝術家拿起剪刀順著心，自由自若地剪出一整株花，再3D化之後的作品，這出於最厲害的藝術家妙手，人類八成難以全然仿製。

逢開花時期，楊妃色花被片充滿節慶的熱鬧趴替感，花只要能兜來傳粉者，就有機會讓各種顏色發揮作用，能指引昆蟲到儲蜜或花粉的地方。仔細觀察粉紙扇，作工可一點也不含糊，花萼上還有工筆描摹的細網狀紋路。在植物當中，花開得如此搶眼，不乏盛花期可能不長葉者，也就是花葉彼此不相見；但粉紙扇的對生葉綠燦燦地與花爭艷，長橢圓型，大剌剌地不讓花專美於前。

原產熱帶非洲、亞洲的粉紙扇，耐旱，算是半落葉灌木，花期甚長，頂部的聚繖花序，一路自盛夏開到秋冬，完全是一副非要人看到它的傲嬌姿態，但卻很少結果。

生長快速，花姿引人，花期又長，中南部的行道間見偶爾栽種，頗適合南方夏季的氛圍。還有紅葉金花、玉葉金花，花色各異，卻有異曲同工之趣。

逢盛花期，這般長得出彩另類的植物，引來的觀賞者之多堪比蜜蜂，自然界的心思遠超過人的細密。

每回因公赴台中，惦著能否抽空去看看那披頭散髮的粉紙扇。旅行中的植物，常被我標註成一個別人眼中無意義的景點；於自己，重要性卻不遜於旅途中遇到有意思的人。

只開花不結果？艷紅西番蓮

種幾株艷紅西番蓮，藤蔓像橫軸似地，還有卷卷的鬚，為數頗多的橘紅花苞則向天直立，葉子很像葡萄葉，有個別名叫葡萄葉西番蓮，小時候家裡種過綠葡萄，沒吃到的自己，可能是補償作用，長得像葡萄葉的植物總有說不出的留戀。

✽

中部都會正待大興土木的市中心，久違的嫩紫牽牛花生氣勃勃沿著工地綠漆鐵皮探出，才驚覺到童年上學途中的紫花居然成了稀有植物。

幼年時的清晨，只要有一方土，即見著帶著幾顆露珠、淺紫喇叭狀的花，正綠色葉子襯著，到處攀爬，燦笑迎人。一見它，趕鴨似的上學，惺忪睡眼像動畫片裡的角色，立時拔亮。日本人喚它爲「朝顏」，我好愛這信達雅的命名。

記得童年時是偷採過牽牛花的，薄薄的花瓣，他們絲毫不耐地速速凋零，花自內縮蜷曲模樣，還深印腦裡。

當水泥地恣意取代草泥地後，忘了到底多久沒再看過隨處攀沿的牽牛花？別跟我說鄉下到處都有，從未有農村生活經驗的我，牽牛花可是都市裡日日伴著步行往學校的途中。

或許是牽牛花牽引我的小學路，老是對爬藤植物特有好感。

那日，跟著一票女將，拜訪二十來年不見的老友作家，在他北埔的植物園裡，種幾株艷紅西番蓮，藤蔓像橫軸似地，還有卷卷的鬚，爲數頗多的橘紅花苞則向天直立，葉子很像葡萄葉，有個別名叫葡萄葉西番蓮；小時候家裡種過綠葡萄，沒吃到的自己，可能是補償作用，長得像葡萄葉的植物總有說不出的留戀；買回一盆錦葉葡萄的首夜，被夜盜蛾突襲了沒有一片葉子完好，鬱卒了幾多天。

這花紅得極其喜氣，從花柱圓黃柱頭、五支雄蕊到如草裙的副花冠、白色內輪到洋紅色外輪，爲秋天千變萬化的調色盤添華彩。按表訂，花期應該是春末到夏季，老友園裡的這些花不知是否爲夏日續曲。

退隱山林邊多年的老友，過著里山倡議裡的深山阿伯生活，種植物講究實用；他說艷紅西番蓮只開花，不結果，明年準備來把它剷掉。我訕笑說他，八成是看人家花開得如此靚紅，種了人家，又嫌人家不會生。

西番蓮科西番蓮屬，艷紅西番蓮跟會結果的百香果應該可說是堂姐妹，但原生於熱帶中南美洲的艷紅西番蓮，本來就是純作爲庭園造景觀賞之用，被引進此間。遍尋關於艷紅西番蓮的果實，幾無照片，可見結果率甚低，倒是跟它常常被搞混的洋紅西番蓮，心型葉的洋紅西番蓮果實像一顆顆超迷你西瓜吊在藤蔓間，極爲迷你清新。

西番蓮屬開的花都被稱爲時計花，因爲花朵像時鐘有時針、分針、秒針，所以百香果也被稱爲時計果；復又像十字架形狀，耶穌被綑綁於十字架上殉難，受難果也是其名。百香果英文名的 Passion 來源是「受難」之意，只是當年爲了賣水果，被聰明的商人取「百香果」，從此百香芳名不脛而走。

一見心喜的攀緣植物，又見到睽違多年的老友，他老兄不改桀傲好批判本

性，也保留頑皮搞笑那一面，他說常被當作色老頭，我笑他戀慕青春容顏，欣悅紅花，不就是嗎？

玩笑歸玩笑，老友全神貫注於九蒸九曬酸柑與檸檬，一顆顆耐心綑綁，到處講述客家掌故，並踏查原住民文化，最棒的是擁有一座許願池般的植物園，讓我忌妒羨慕他這自在的隱居生活。

艷紅西番蓮色彩濃艷幾近古代「霜降」節氣的起色——銀朱色，到這年紀頗懂得欣賞，當日本想向老友要來種，念頭一轉，植物異地不易存活，那一樹蒼綠與胭脂紅只怕成了一縷焦枯亡魂。

幻想在都市陽台上有心儀的攀緣植物如瀑布淙淙，卻屢戰屢敗，迄今只有忍冬勉強安住下來。

而我深愛百子千孫酸中蘊甜的百香果滋味，也與提倡全食物的友人學過果皮釀功夫，以百香果皮釀造出無比醉人的發酵飲，這套功夫釀出的飲品所向無敵，倘若能種一株百香果，年年歲歲都能飲一杯無。

一位天天奔走到全台各地講課的朋友某日炫耀起她家陽台結了數顆百香果，彼此來個種子交換，或許不失爲一條活路吧。

帶蒜味的新娘捧花，蒜香藤

好奇心使然，想聞聞蒜香藤到底有無蒜味，但藤蔓長得實在過高。已忘記到底是怎樣才聞到蒜味了，嗅過後確認如果煮菜時沒有蒜，蒜香藤絕對是代替品。若家裡真種一棵蒜香藤，搗碎葉子，取其蒜味般的汁液……

✽

就算是再無感的人，都會被鬧滿枝頭的蒜香藤所吸睛吧。

果不其然，當蒜香藤開到招搖時，常有平素對植物視而不見的朋友來問：「這什麼花呀？」造物精妙的設計，人都會被盛開的花和果所吸引。花既然是植物的性器官，透過它的外貌來吸引蜂蝶蟲蠅來授粉結籽結果繁衍下一代，而蒜香藤這種花開法，必定是強勢遺傳、子孫滿堂。

虛虛華華，目眩神馳的紫中帶粉，「花團錦簇」不就是形容這種盛花性狀？因爲聚繖花序，從藤蔓垂墜式的花幾乎開出一種海枯石爛態勢，「好適合當新娘捧花喲。」我心想。但，誰要捧著一大束有蒜味的捧花呀？大概只有西方神話故事裡，像宙斯硬要擄走歐羅巴、阿波羅非來搶達芙妮當作如夫人時，被挾持的新娘們若捧把既可驅魔，亦可逐色魔的蒜香藤或可扭轉命運。

應敬畏植物的老同學之邀，作客於她台南娘家，那可是台北俗首度隻身搭火車到嘉南平原，沿途看忽焉天晴忽焉急雨、連亙無垠綠油油的稻田，幾乎快闔不上嘴。估計是春天吧，同學騎車載我到處跑，無論是南部產業道路、家家圍牆，那簇簇團團的粉紫粉紅花，灑遍淺紫及粉紅花雨，當時還只是個拈花惹草摘果不求知的我順口問它的名字，「張氏紫薇」從同學口中收到這名號；此後，每逢它狂放時，心底就會嘟囔這名字。經過好多年後，查它的資料，原來它也叫「蒜香藤」，來由是葉子有蒜香。直到近日，雨林植物達人鍵來青天霹靂訊息說：「這是因爲早期學名誤用，眞正的張氏紫薇是淡黃色花喔。」

不是不相信他，我的心立時如焦褐的蒜香藤枯花，拿張氏紫薇學名搜尋，還是跳回蒜香藤，未曾放下植物學術新期刊的雨林達人繼續循循善誘，「大家一般用的張氏紫薇學名，是它的同種異名。早期資訊不發達……舊學名就因爲命名法規中陰性陽性中性，很多人寫的都不是正式學名。」連業餘都搆不上的我，要弄清楚這幾年有驚人改變的植物分類學，比身分證上改名字的朋友還難認，哪跟得上？只得揣著謙卑之心，追隨學有專精的年輕人，跟著植物親緣正名及更名潮載浮載沉。

好奇心使然，想聞聞蒜香藤到底有無蒜味，但藤蔓長得實在過高。對小個子來說，得費點勁，終究還是聞到蒜味了，嗅過後確認如果煮菜時沒有蒜，蒜香藤絕對是代替品。若家裡眞種一棵蒜香藤，搗碎葉子，取其蒜味般的汁液，除非要配香腸、烏魚子之類有蒜的嚼感，否則應該是不必再去買蒜的。

蒜香藤係標準熱帶植物，施展著亞馬遜雨林剽悍落拓的氣質穿越萬里來到東方島嶼，水土皆服，不挑土壤，南到北、西到東，每年九到十一月紫雲粉霞波濤洶湧於高聳藤蔓間，一年多開，此種盛況大概只有九重葛可堪比擬。

盛花之殘又特別不堪，許多華冠群芳的花一旦凋零，整朵呈銹色墜地，尤引傷秋之感，所幸人生已慣看榮枯，賞花也視其榮枯爲平常心。蒜香藤的花初開時爲粉紫色，逐漸變淡，最後以白色掉落，因此讓淡紫粉紅白布滿整株藤蔓，反添其層次。至於充滿蒜味且光澤感十足的深綠色葉片，還有藤鬚，縱使未開花時節，也擁滿藤綠意，賞葉亦美。以種子或強健枝條插於土中，甚有機會博得一藤花海。

對於人造色彩，好惡鮮明到近乎潔癖，特別挑剔粉紅色彩，此間家長都刻板喜歡給小女生穿著全身粉紅，下水淘洗後不免失色，特顯拖泥帶水的髒；然而，於自然界的色彩，我始終讚嘆到底是誰的調色盤調得出千變萬化完全不重複的色彩？

無論他名喚什麼，婆娑花開，總撫慰我心。

到底是五香味？還是雞屎味？臭雞屎藤

童年討厭粉腸，偏偏易中暑的夏季廚房裡少不了鹹味綠豆粉腸湯，清熱解毒；大了才曉得雞屎藤燉粉腸湯有去痰止咳之效，幸好老爸怕屎味，在我家眾多的食補帖裡，沒被逼吃這方子。

✽

赴東部小住三天，被安排住在面向田野的老屋，不太有人照顧的院子種著稀稀落落的植株，雖暫榻幾日，但室內不可無綠意的自己，從院落裡剪一枝紅色朱槿，找一只玻璃瓶，順手投入，隨著朝陽、夕照的光線位移，真箇「槿花一日自爲榮」。

綠意依然的仲秋清晨，踏出戶外，軟風卷過，遇上開花期的雞屎藤，玲瓏小巧的花躲在茂密綠藤間，聚繖花序排列，每朵不到一公分大的六齒裂皺褶邊小白喇叭狀的花密密冒出頭，據說蜜蜂會看到人類無法無法看到的「蜜蜂白」，而綠色發出惡臭會吸引蒼蠅，眼前看到則是蜜蜂忙不迭地挨朵採集。

拿起手機，想拍下蜜蜂嗡嗡嗡工作照片，老爺在一旁潑冷水說，「手機沒辦法拍蜜蜂啦，誰叫妳給相機不用。」試過幾次，確實拍不到振翅忙採蜜的照片，湊過去伸手搓搓葉子，雞屎味衝鼻而來，眞不辜負他的名字。

雞屎藤算是隨遇而安的植物，可能就是老人家常說的「臭賤」，喜歡溫暖潮濕的環境，廣布於台灣中低海拔的山地或平地都得見。

植物界也是弱肉強食的，想無所不在，就得臉皮厚，甚或鳩占鵲巢，雞屎藤莖纏繞性極強，那天見到他纏著紅色朱槿，本想拍幾張雞屎藤獨照，伸手要梳理開它，壓根找不到線頭似地，還有旁枝，藤本植物的生存能耐無疑是始終刁鑽的八爪魚。

多年生草質藤本的雞屎藤，勇腳的攀爬健將，既耐濕也耐旱，全然是適者生存的植物勝利組。想剷除它還得先忍耐那遍布全株的雞屎臭，幾乎拿它沒轍。

好不容易撥出觀察它的卵形尾尖葉片，十分光滑，葉柄對生，看起來也落落大方的，誰知它強悍似潑皮，一旦被它纏上，管你是菜園、圍籬、海邊、森林，就變成它的地盤了。

從小常聽會燒煮青草茶給我們喝的外婆提到「雞屎藤」名號，不清楚它到底是補啥吃啥效果，更不知道外婆熬煮的青草茶裡究竟有沒有這一味？我爸是食補高手，涼補溫補四季各有方子，我童年討厭粉腸，偏偏易中暑的夏季廚房裡少不了鹹味綠豆粉腸湯，清熱解毒；大了才曉得雞屎藤燉粉腸湯也收去痰止咳之效，幸好老爸怕屎味，在我家眾多的食補帖裡，沒被逼吃這方子。

以前沒幾分家底的人們，看病求醫只能到宮廟求神問佛，筊到聖杯後，比對籤筒抽出的就是神處方，再拿到青草茶舖抓藥熬煮，這也是台北青草店會集中在龍山寺和大稻埕霞海城隍廟附近的理由。《藥事法》上路後，民俗宗教處方不得再列為藥方，百年老草藥鋪相繼凋零。久久去一趟，務必來杯幼時常喝的茅根茶；一回，與老同學逛萬華青草街的西昌街店頭，邊啜飲冰鎮茅根茶，邊四下看店家陳列哪些藥草，雞屎藤赫然躺在其中，問第三代老闆是補什麼，酷酷的他懶得跟我們說，也或許是藥效甚多，一時說不清。

通常，青草舖會用以熬煮草藥湯不外乎一些較尋常的療效：去風火、止咳、消暑、却濕之類的；查看雞屎藤作用不出意料之外，甚至還有科學實驗以雞屎藤拿小鼠做動物實驗，得出可止痛療傷的功能，雖然速度不及嗎啡，持續療效卻未遜於嗎啡。

雞屎藤有好多別名，大都延續它的屎臭味爲名，都不甚雅賞，狗屁藤、臭藤根，還有因療效極多，有「解暑藤」、「皆治藤」，但或許有深好其臭者，取名爲「雞香藤」，台灣人也稱之爲「五香藤」，還取其嫩葉當炒菜吃；從臭到香，雞屎藤的風味輪相當廣闊，看來還眞是海畔有逐臭之夫。

小時候討厭粉腸的自己，長大後對粉腸有種不打不相識的喜好，吃切仔麵，點黑白切時，會切一份粉腸，對雞屎藤的臭也在忍受範圍內，經常梭巡北部郊野，期待與雞屎藤不期而遇，剪個幾段燉個雞湯。

不禁好奇雞屎藤的蜜或粉究竟是臭還是香？

秋冬烈陽，台東火刺木

當年成家時，家母提點我們這對無禁無忌的無知新人，得擺一盆紅色植物在新屋裡討吉祥。不按牌理的自己，還不到愛大紅花的階段，逛遍花市，入手一盆結著整株扁圓小紅果、葉片硬挺光滑的狀元紅，放在玄關明式老琴桌上，於新家迎賓。

✽

東台灣，幾乎是我認植物的樂園。每年的下半年，邁入金秋，比起盛夏溫度驟降，找盡各種理由小住幾天，看火刺木結果，是其中一個理由。

纍纍燦燦的植物，曝曬在霜降節氣的秋老虎，十月的台東火刺木，刺犽犽紅統統黃澄澄地手足舞蹈，讓亞熱帶的秋天遠離蕭索。

當年成家時，家母提點我們這對無禁無忌的無知新人，得擺一盆紅色植物在新屋裡討吉祥。不按牌理的自己，還不到愛大紅花的階段，結婚又不宜買自己偏好的顏色，逛遍花市，入手一盆結著整株扁圓小紅果、葉片硬挺光滑的狀元紅，放在玄關明式老琴桌上，於新家迎賓。

那盆狀元紅曾陪伴我們好一段時間。歷經多年後，得知狀元紅係火刺木，果子雖可食，一咬下去的爆裂之間，頓時酸澀滲滿牙口，零食匱乏的年代，孩子們加減撿拾。紅果燦燦結實纍纍的秋末至春初，都是打牙祭的時機。

果枝像古代狀元帽上飾珠，得「狀元紅」知名。被叫做「火刺木」則因樹枝上有木質銳刺，前端尖銳異常；果實色彩亦因品種而異，我在台東看過橘黃、橘紅、鮮紅、深紅、綠。

年年十月台東火刺木綴滿一樹紅、黃寶石，幾乎已是旅次當地必巡的一景。到了也一定探訪的台東池上書局，曾見過紅黃兩色果的火刺木各一枝投在書架上的玻璃花盅，追問書局簡老闆何處可覓得火刺木蹤影？

「台灣好基金會附近有一大棵。」

迫不急待踩著單車四處尋覓。基金會辦公室外不得見，騎著找著，竟然在

已經過好幾回的小路民宿佇立著交纏著幾棵台東火刺木，紅掛掛黃澄澄、生機勃勃的烈日當空下彷若鎏金，我心跳得砰砰然，似煞見久別重逢的暗戀之人，顧不得要趁熱吃的豆皮豆漿，全然能體會梭羅在看到樹時的反應：「樹林的風聲讓梭羅感到一陣狂喜，並爲他的生命感謝神。」

民宿年輕管家出來修剪枝枒，知曉池上書局那幾枝火刺木也是打這裡要來的。據管家透露，這棵火刺木原來嫁接了三個顏色：紅綠黃，現在只剩下紅黃兩色，綠色因爲被修剪過度，已無法結實。

數以萬計的果實懸掛在可長到三米高的火刺木上，若以物競天擇的生存法則看來，他們理當深具繁衍能量的，可惜世事並沒那麼順理成章。薔薇科火刺木屬的台東火刺木遍生於花東低海拔河床處，卻囿於河床過度密集開發，野生品種幾瀕絕，能看到一棵枝葉果繁茂的殊爲難得；至於賞玩用的花卉園藝狀元紅多係中國進口種，葉片鋸齒狀，有所區隔於原生種的全緣狀，意味著我成家時的那一株狀元紅原鄉並非在地。

婚後遷徙數趟，每打造一新居，總心心念念再把狀元紅種回來，起這渺小

願念，或許太小，一拖經年，終於捧回一盆盛花期的狀元紅，帶著柔毛的五裂花萼，五片花瓣，占多數雄蕊昂首伸出，春末似雪的小白花欣欣向榮，自四月上旬鬧熱迄五月下旬。

「家的溫暖，好像寒冬中的狀元紅。」日本漫畫《家栽之人》裡如此描繪。臨踏入冬季之際，望著豐饒鮮紅或盛黃的台東火刺木，心底浮現暖意，幾乎忘了它的刺犽犽。那種吸飽太陽萬丈光芒，到隆冬蓄勢齊發的絢麗，也憶起每年都錯過的結婚日是在冬末國曆正月時節，一晃眼居然過了二十幾個年頭。

這年買回的狀元紅於夏季時換上三三兩兩聚簇的小綠果，卻未明究裡之下，整株果實不知去向，終究沒挨到轉紅。也許，等待他再多吸收點歲月的精華靈氣，也許，將盼到來年的串串紅。

鮮艷欲滴，茶藨子

曾經在八月的瑞典厄勒布羅森林尋覓藍莓與覆盆子，縱使是盛產季節，仍得張大眼睛才能找到隱藏於小腿高的矮灌木叢間的漿果。尋覓野生果子的價值，如梭羅所言，不在於手中有多少，或嘴裡有多少，更在於一種「視覺的享受、心靈的愉悅」。

✽

植物控的世界泰半微觀，注意的小東西可多了，種子、野草花、漿果。

「自然在最微小之處最爲卓越。」希臘博物學家普林尼的說法，讓我這種植物控走在路上，看著地面，滿心想找出未見過的植物，成爲天經地義。

《種子的信仰》，這本被自己翻爛且畫得一行行紅線的書，是與自然融爲一體的亨利・梭羅著作，他在一百六十幾年前看美國這國家的政治演說，不管出於當時國務卿希沃德或駐當時中國大使的庫欣也好，都是了不得的大事，而一束陽光只是小東西。他還注意到只要頂著「教育」這兩個字的任何事——不管閱讀、寫作或算術——都是大事。但在演說家們眼中，所有構成教育的要素反倒成了小事。大凡他們不懂或不關心的，都是小事；這樣一來，任何偉大的或好的東西，在他們心中都變成「小東西」了。

梭羅的看法放諸今日依然不過時，種子、野草花與野生果子都是人們眼中無關緊要的「小東西」，殊不知參天大樹可能都是從肉眼難辨的小種子而來。

喜歡散步的梭羅生活在溫帶的北美地區，漿果處處於林野間，在每個午後，都不難發現一兩種不認識的新果子，「以特殊的外貌和甘甜，令我們為之驚艷……我便知道這個世界的未知部分是何其浩瀚！」在他心底認為，與其遠航到他鄉還不如小孩第一次出外採白珠莓有趣，孩子們將可得到一些新體驗，見識到一個新世界，儘管帶回家只是一小撮漿果。

尋覓野生果子，可得要火眼金睛才能夠發現。

我曾經在八月的瑞典厄勒布羅森林尋覓藍莓與覆盆子，縱使是盛產季節，

仍得張大眼睛才能找到隱藏於小腿高的矮灌木叢間的漿果。尋覓野生果子的價值，如梭羅所言，不在於手中有多少，或嘴裡有多少，更在於一種「視覺的享受、心靈的愉悅」。

喜歡如神農嘗百草的植物控，的確最愛漿果這類山野零食。雖說漿果類未必盡都可食，萬一不小心可能還會中毒，然而當鮮艷欲滴可愛爆表的漿果跳出眼簾，先查查看，再試試看，不願枉費與它相遇的機緣。

這類植物像台灣野外的刺波，也叫懸鉤子，行走在低海拔處貢寮、坪林、大屯山區，鮮紅若血管卻長滿刺的莖，伸出鑲著紅邊的鋸齒對生葉，稍一不留神，被莖刺到勾到是常有的事，俯身準備脫開釘鉤時，潔白的五裂茸茸小花或彤紅的聚合小果赫然在眼前，俗稱虎婆刺或野草莓的薄瓣懸鉤子，如一顆艷紅的心，暫且忘卻已鐵了的雙腳，顧不得刺，摘下即食。

野果裡的茶藨子屬，也是人們通稱的醋栗，顏色有白黃綠紅到深紫色乃至於黑色，形狀有圓及橢圓形，性喜四季分明的北美溫帶地區和南美西部溫帶地區，日本和中國西部及東北亦可見蹤影。換言之，它們不喜歡大熱天，最好是涼爽點，才願奮力結實。

得天獨厚的小島台灣從熱帶到寒帶氣候都見分布，冷冽的高海拔地帶也有台灣茶藨子，果實玲瓏如渾圓紅玉般或透光綠玉的小耳墜，亮瑩瑩地，十足誘人。但凡見著這類果實，我立即就地採摘，也顧不得刺，隨手抹一抹，就往嘴裡塞，任漿果汁液在嘴裡迸開來。

這種果實盈盈的植物多爲帶針帶的灌木或攀藤，想要吃它，得小心翼翼別讓針刺著，漿果因爲長得太討喜，有些品種被人工栽培繁殖，取食果實。葉子滿像虎耳草的，二十世紀末，被植物學家把它請出薔薇目，根據基因親緣關係的被子植物ＡＰＧ分類法，讓它認祖歸宗到虎耳草目。

據聞有幾種懸鉤子難得的沒有明顯鉤刺，包括玉山懸鉤子，是台灣固有的匍匐性半灌木狀多年生薔薇科植物，分布在海拔二千公尺至三千四百公尺山區的岩屑地、裸露地，果實豐美多汁，食之甘甜生津，是高山著名的野果之一。

幾度遊北海道，於必去的高野咖啡庭院裡，雖是七月天，但氣溫仍涼爽舒適，瞧見一叢紅珠似的茶藨子，很想率性採了一嘗滋味，但日本人講究禮數，貿然採食，可能過於唐突，又懶得語言溝通，這回就放過它。

返台後，邊整理照片，邊想著：「不知道會不會酸呀？」

心儀辛夷

逢春，空氣濕度甚高，誘使涵養整年的桃紅色花開如女性手掌般碩大，辛夷花瓣似上蠟，綠葉尚未發出，僅僅兩三株，路人行過，莫不佇足細賞並探問花名。不睬路人的嘰嘰啾啾指指點點，辛夷靜默年年兀自開兀自落……。

✽

已種了幾年的辛夷，花訊依然渺茫，但我不急，畢竟已無憾地看過滿園辛夷。

飛越半個地球抵達倫敦，搭上列治文線地鐵，直抵植物愛好者，無分專業或業餘，一生一定要走一回的英國皇家植物園，也稱邱園，三月，去得正是時候。

三月英倫色彩斑爛，春華熾熱綻放，像極了植物學家福鈞的城市。這位裝上一條假長辮、身著長袍馬褂、頭戴瓜帽，僞裝成中國人，盜採了中國茶株運往印度大吉嶺的植物獵人，打破了中國茶壟斷世界的局面，旅途中也引進無數異國珍奇植物進歐洲。

滿城飛花——連翹、吉野櫻、昭和櫻、寒緋櫻、潼櫻、櫻桃樹、洋水仙、辛夷、藍鈴花等，連龐巨的月桂樹也雀躍星星點點黃色繖形小花。日本櫻花祭裡，桃紅色、粉紅色、白色的櫻花連綿燦爛猶若冬雪之淒美，從東瀛移植到不列顛，櫻花卻似戴著高高的熊皮帽、站著崗的英國皇家憲兵，兀自偉岸華麗。

坐落於倫敦西南端的邱園，儼然是都會中的生物多樣性島嶼，占地廣邈，爲野生動植物提供棲息地與食物，今日更擔當起人類陶冶都市生活的「自然資本」角色。這角色曾經過屢屢辯證，一八五〇年，擔任皇家植物園主管的植物學者約瑟夫・胡克只想堅守科學殿堂的角色，脾氣剛硬的他堅決反對開放讓一般民衆入園，在達爾文等科學家的力挺下，胡克打贏那場戰役，獲得短暫勝利。

但邱園終究還是開放了，肩負了科學中心、民衆教育和休憩公園的角色，蔚爲一座有助於人們健康的都市方舟。

幾世紀以來，書寫邱園的著作前仆後繼，且不說專業人士，作爲一位遊園者想看盡典藏於其中的三萬餘種珍稀植物與七百萬標本，縱使遊走這座園一整個禮拜想必也賞不盡。無論是否有宗教信仰，走在這座超過五萬株植物、極富生物多樣性的「聖地」，很自然而然地「聖靈充滿」。而自己鍾意的辛夷花，於此刻，春風一掃，或矗立或低垂或奔放或流線，遍布邱園。

「木末芙蓉花，山中發紅萼，澗戶寂無人，紛紛開且落。」此詩出於唐代詩人王維，直到某個年歲方知這「木末芙蓉花」即是辛夷，由茸茸的花萼烘托著，是所謂「葉萌時若柔荑」，初開時若筆尖，因而有「木筆花」之名。

台北城南一捷運站口有幾株辛夷，平日長度超過約十五公分的卵形葉色濃綠尾端尖，枝幹漆黑，毫不顯眼。逢春，空氣濕度甚高，誘使涵養整年的桃紅色花開如女性手掌般碩大，辛夷花瓣似上蠟，綠葉尚未發出，僅僅兩三株，路人行過，莫不駐足細賞並探問花名。不睬路人的嘰嘰啾啾指指點點，辛夷靜默

年年兀自開兀自落，年年都見人群圍觀留影，讚嘆他的風采。

隆冬剛走，萬花嬉春的邱園裡，英國人似乎不作興人挨著人局促於賞花行伍，辛夷開得令人心馳神迷，賞花空間卻有餘裕，從容穿梭每株辛夷，踏遍滿地諸色辛夷。

味辛散而溫的辛夷，亦是常用中藥，療效可觀，「為什麼在世界歷史上很晚才發生的開花植物，竟能這麼成功？為什麼它們有這些有趣的特性，在化學上更是如此？一株被子植物（開花植物）所能製造的種子數量，比其他種類的植物體多很多。真的很神奇，在這星球的歷史上，竟可以找到一群生產力如此大的植物。」一九九〇年領導一群跨國植物學家採取基因定序來開發不同分類方式的皇家植物園喬佐爾實驗室管理人馬克・柴斯如此說。

自倫敦癡看眾辛夷後，返家第二日，捎了兩朵茸茸綠石竹，直擲白瓶裡，心想著把寶石紅、玫瑰紅、紫紅、淺珍珠紅、鮭紅、灰玫紅、粉紅等妍彩，且留給英倫磊磊落拓的辛夷花。

五.

餐桌上的

是個愛吃鬼的自己，慕仰植物之心，當發覺他可食之際，愛戀再加三分。

確認可食植物的安全性，總不遺餘力動起嘗百草的念頭，開啟舌頭裡的味覺受器，喚醒與味蕾相連的神經纖維。當他們嘗起來和看起來聞起來的滋味一樣好時，滿足指數立即上升。

如果有座花園，亦是食物儲藏室，可以在園藝日記記下豐收的每一刻，邀請大夥兒來嘗鮮，那絕對是我的烏托邦。

到底是誰先開始吃破布子？

「第一個用鹽去漬破布子的人應該可以得諾貝爾獎，他可能是我們某一個平埔族的祖先。」冰河時期，人類徙居到當時僅剩北緯二十到三十度地帶間，正好是破布子生長的緯度……

✽

看到破布子，都停留久一點的老爺，確定家裡還有破布子，才依依離去。做菜頗好加破布子，蒸高麗菜、蒸魚、蒸絞肉，他認爲破布子下飯最宜，不在意不留神把硬籽給吞了。娘家偶一吃破布子，但老爺如此熱愛，實屬罕見。

和「蕨類教父」郭城孟老師聊天，他講了一則則植物與人類文明的宏觀歷史，爲了淸楚描繪出台灣人的文明樣貌，他鍥而不捨追溯破布子被人食用的身世，直追精彩絕倫的偵探故事。尤其特別的是誰吃破布子的故事。

如果未經過鹽搓掉澀味，連鳥都不願意啄的破布子，究竟有誰想吃呢？郭城孟透露他記錄了台灣四百多種可食的果實，若非無物可吃或接近飢荒狀態，絕對沒有人想要吃破布子這種植物。

會自行長出野生破布子的區域從印度、斯里蘭卡、廣東、福建、海南到台灣、菲律賓等地，東亞乃至於東南亞人絕不食，閩粵的漢人也沒有吃破布子的習慣，原住民更不吃，郭城孟相信閩客族人應該是到台灣才開始學會食用，那麼，究竟誰是第一個吃破布子的人呢？

話說在衣索匹亞與肯亞交界處被發現的人類共同祖嬤——露西，她可能就是《聖經》裡的夏娃，如此推算「伊甸園」或許是在非洲，這話扯遠了，回到進入冰河期的三十五萬年前，天寒地凍下，人類無以維生，往北走更冷，往西行則遇到撒哈拉沙漠，往南正是獅子狩獵的大獵場，以那時人類的脆弱狀態，肯定是羊入虎口。唯一的活路就是往東走，當時僅剩北緯二十到三十度間還有些暖意，尙可容人存活，這個緯度正好是破布子生長的緯度，人類徙居到這些地帶，或許可食植物極有限，採下唯一還結出的破布子果實，發現其澀無比，曾靠海依存的人們懂得用鹽漬去澀，在膠質滲出後可揉搓成一團，以備不可預知的移徙之需。

「第一個用鹽去漬破布子的人應該可以得諾貝爾獎，他可能是我們某一個平埔族的祖先。」郭老師的文明大推理引起我這植物控開始端詳世界地圖，「美國正想築起美墨邊界的牆，你看過《明天過後》這部電影嗎？最後美國人劫後餘生，副總統恢復視事地點就在墨西哥，也許哪一天風水輪流轉，美國人要穿過國界偷渡到墨西哥去，人類的諾亞方舟也在北緯二十到三十度間，與台灣同一緯度區，這也是台灣何以有許多冰河期孑遺生物的由來。」

聽這些故事，耳朵都豎起來了，原來連鳥都懶得啄食的破布子背後有這麼多人類遷徙線索呢。

「日本朋友來台灣，吃我們的破布子蒸魚，都說那一顆顆味道非常甘美，只是要小心裡面的籽。」是啊，誰能想像那野生不起眼的樹籽竟有如此味道？破布子還幾乎是全株可用的植物：果實、樹皮、根都可用作藥材。果實也能止咳、化痰和治跌打損傷，兼具內服外用之效。

吃了多年的破布子，眞正看到破布子本尊則在甫成年時，一夥毛頭被我們稱爲「小余」的已逝心理學家余德慧和人類學家潘英海帶去台南大內做田野，時值大暑節氣，當地人家家戶戶砍了好大一欉枝枒，上面有顆顆粉色小果子，幾乎全村老老少少都出動，搬個矮板凳，葉子先梳理掉，再逐一剪下果子，大人還燒一大鍋滾水，準備妥切伺候這些小果粒。一問之下，才識得就是我家餐桌上常出現的破布子蒸絞肉本尊。

我們吃破布子蒸魚，覺得鮮甘生津，從小要幫家裡處理破布子的農村小孩可是恨死這小果子。

一顆直徑約一公分的圓形果實，裡面有顆種子，當果實顏色由綠轉橙黃到轉粉紅，卽可收成。成熟期都在暑期的七、八月，「童工」都被動員起來，但小孩子多半都討厭這果皮含黏踢踢白色液體的小果實。

靠一手廚藝絕活維生的老友，漬了一甕甕破布子，她講究視覺，玻璃缸裡的破布子排列如幾何圖陣，說起破布子，情感複雜。

幼年時都得幫大人剝破布子的朋友，雖是家人最寵溺的老么，可這農村鐵板活，沒一個小孩可以閃過。吾友長大後講到剝破布子的滿手黏稠，愈剝手指愈黑，整天洗不掉，說得咬牙切齒；但她後半生重返農村落腳，當破布子成熟時，必定呼朋引伴砍下結滿果子的枝枒，巨鼎沸水撒過去除澀味，再拿鹽搓呀揉呀捶呀壓呀，凝結成普洱茶餅狀，醃漬成一瓶瓶玻璃缸，與醬筍、醃梅、樹葡萄、油甘子、豆腐乳等大大小小陳列著漬魂罐罐。

紫草科的破布子通常春季開花，淡黃或淺紫花冠的花形極小，花萼淺鐘形，有人形容他的透明花朵如蝶，也喚玉蝴蝶、白玉紙；以前外婆有時候會說是「樹子」、「樹子仔」，美濃的客家詩人鍾永豐以破布子爲《對面烏》，客家創作歌手林生祥將此譜了一首同名歌曲，每每聽他開唱，牙根都不由得澀起來。

雖然被歸爲小型落葉喬木，我在南部鄉間看過破布子長到七、八公尺，有兩、三層樓高，農家都得搬鋁梯來鋸下大落枝枒往下扔，童工們就得咬牙使勁幫忙拖給婦女們整理枝葉。

「和破布子同樣在這範圍內的還有台灣欒樹。」郭城孟老師透露。

這些植物暗藏人類移徙腳蹤的密碼，不知它們藏了多少人類後代不知道的祕密？我家老爺對破布子情有獨鍾，是否也還帶著冰河時期的ＤＮＡ？

此紫只應天上有，蝶豆花

依加入液體的酸鹼度，改變液體顏色，如滴入呈酸性的檸檬汁，蝶豆花茶即變成偏紅的紫色。書屋夥伴取蝶豆花汁或加檸檬汁調出了彩虹般的漸層飲料，眾人歡呼湧動。

✽

當青蓮色蝶豆花價格還居高不下之際，常收到朋友送的乾蝶豆花，以致常備用不完的蝶豆花。

初中時期，有段時間戀戀紫色到無以復加的地步，也不知是失心瘋還怎麼了，所有玩意都非紫不可，全身從淺到深，好似掉入紫色染缸般。這非理性的染紫，一年後燒退了，從此，棄紫色人造物品如敝屣，唯對紫花免疫，仍衷心愛天然紫。

蝶豆花的紫，勾起那段著紫魔的青少年期。幽然憶起，當年第一次訪新加坡，看到五顏六色的娘惹糕，深紫姹綠的色彩，讓無知的我們誤以爲是化學色素，一路敬而遠之。數年後，理解蝶豆花與香蘭葉的本色，方知自己誤解了娘惹糕，斑斕鮮麗色彩本來就是造物者賜給赤道附近區域的寶物，我們未搞清楚前，竟妄下論斷。

多年前，創辦「孩子的書屋」的陳俊朗滿心希望在募款陪伴孩子之餘，社會服務機構還能發展出自己的產業，有份主動收入，不必老是手心向上對外募款。每天把咖啡當水喝的他，人稱「陳爸」，力排眾議要栽培少年咖啡師，成立了「黑孩子黑咖啡」，讓人們到台東知本有個新落腳據點，也承載書屋的農業與加工業、服務業。

但咖啡，可不是人人都喝，這個據點還得準備其他軟性飲品。陳爸邀我赴台東替黑黑咖啡搭配輕食配方，也順手給飲品點意見。彼時，蝶豆花飲品紅極一時，還有個手搖飲品牌就靠不同比例的蝶豆花調出各色飲品，以蝶豆花加香茅泡製的蝶豆花茶，可依加入液體的酸鹼度，改變液體顏色，如滴入呈酸性的檸檬汁，蝶豆花茶卽變成偏紅的紫色。書屋夥伴取蝶豆花汁或加檸檬汁調出了彩虹般的漸層飲料，衆人歡呼湧動；另一款加了牛奶，呈現出天青色飲品，在現場我靈機一動，從園裡採了大花咸豐草的花，飄浮於藍海般的飲料上，大有夢幻飄忽之感。

忙了兩天的配方，終究沒列入菜單。生活中裡剩下一株被我種到營養不良、葉緣泛白的蝶豆花，在陳爸壯年驟逝後，偶爾想起他時，提醒我曾經自不量力地打算幫書屋擬出手心向下的菜單。

稍微讀過一些經書後，方曉得人類歷史上紫色向來是統治者的色彩，儘管過了國中的戀紫期，心底應該從未忘情過深淺紫色。走在戶外，尤其日光灑在紫色的牽牛花、立鶴花、紫藤花上，薄薄的花瓣若翼浮了一層紫金，老子西出函關的紫氣東來也許就是這況味；而逢蝶豆花開，下意識地探頭瞧瞧有無乾掉的豆莢，撿幾莢回家，再種一株映襯那棵要死不活的蝶豆花。

陽台上所有可食用的植物，近年我並不太積極採收，雖然曾在馬來西亞、泰國吃過利用蝶豆花汁的藍色將糯米染藍著色，飾以其他配菜的「藍花飯」以

及娘惹粽。固然也愛吃中南半島食物，但畢竟離日常飲食習慣太遙遠，做起費時費工，以致當蝶豆花開時，僅任憑花謝轉成莢墜入他盆。

豆科蝶豆屬的蝶豆花，又稱藍蝴蝶、藍花豆、蝴蝶花豆、洋豆、豆碧、蝶豆等名稱，所謂喜好炙烈陽光的熱帶植物，不僅有常見的青蓮色，也有紫藤色、白色。原以爲蝶豆花是被新住民帶進台灣的，經查閱資料，指出蝶豆花早在一九二〇年卽傳入台灣，被當作綠肥植物，初時種於恆春半島，現芳蹤已遍及全台。

然而，蝶豆花大量被用於市場食肆的飲品調製上，到底是否是新住民掀起的飲料風？尤其曾有段以泰籍人士爲移工濫觴的時日，或許是他們將泰國一種添加糖漿的藍色飲料捎進台灣，讓蝶豆花從土裡綠肥入了人口。

外婆的「炸術」高明，逢年過節，她指揮大軍般調妥濃稠度適宜的麵粉，把一干蔬果花裹上粉，徐徐地放進溫度甚高卻油波不興的炸鍋，金針花經這一炸，酥脆度若喜歡把夏南瓜花裹上麵糊，大火油炸的義大利吃法；緬甸和泰國，也有這種炸花食之的習慣，蝶豆花油炸得酥酥，噘著嘴巴承接超高溫的花炸，一口咬卡滋卡滋地，視覺和味覺都被取悅了。

蝶豆花飲品盛行後，人們大肆鼓吹蝶豆花富含護眼與抗憂鬱的花青素，相反論調立刻交戰，謂其中的環肽會促進子宮收縮，孕婦不宜食。一窩蜂補東補西的現象從未少見，不消多時，蝶豆花飲品芳蹤渺茫，又有後浪推擠上來。

老爺正播放九〇年代、來自新加坡曾紅極一時的許美靜主唱《城裡的月光》，蝶豆花從綠肥到飲食的歷程，如果新住民能像蝶豆花的歸化過程，不再被各個族群組成的島嶼視爲外人，而是刺激良性文化交換的住民，人與萬物俱有先來後到，在不同時空裡，齊會在這座島嶼上的緣分，多元文化的形成不都如此？

他剝著栗子肉，才塞進嘴裡，即大呼：「這哪裡來的？怎麼那麼好吃啊！」完勝了天津與丹波和栗的口感，既鬆綿又緊實Q彈，甜中帶甘，如實告知之後，他問我說：「問問還有沒有？多買一些。」

*

棘手黃金板栗，美味大勝天津栗

這日，堪稱豐收的植物日，找到栗子產地、得見始終善待自己的老友、聽了內容扎實的植物講座。身心絢爛，有種幸福百分百的感覺。

自己秉性好奇，又有齧齒動物的食性——特嗜堅果，一人可以邊讀書邊嗑掉一斤鹹酥花生、一包蠶豆酥、一袋菱角……而節氣白露前後，正值體內儲糧期，待收成的農作物除柚子外，還有栗子，往往不自覺地獨自嗑完一包，果然很饕餮動物。

中秋後，老友捎來一袋栗子，栗實甚碩滿甚圓足，一顆約六、七公分寬，提到自己超愛吃蘋婆的，負責當郵差專程快遞的少友說：「這比蘋婆好吃多了。」

老友告知此乃嘉義中埔所種，歷經十來年方結實，我說：「得去撿幾塊石頭來炒囉。」她笑回：「蒸就很好吃了，尾巴要剪開來，以免爆開。」正好另一位畫家友人來訪，分她幾些，邊囑邊聊邊顆顆剪開，以大同電鍋外鍋加兩杯水，蒸第一回，跳起後，待降溫，加水再蒸，她返家蒸食過後，也讚嘆中埔栗子的口感滋味。

與老爺兩人都忙，晚間總找機會分享今日見聞與看法。那晚，他剝著栗子肉，才塞進嘴裡，即大呼：「這哪裡來的？怎麼那麼好吃啊！」完勝了天津栗與丹波栗的口感，既鬆綿又緊實富彈性，甜中帶甘，如實告知之後，他問我說：「問問還有沒有？多買一些。」正準備揪團購時，想起念念甚久的嘉義老同學，遂問嫁到嘉義多年的她，可知嘉義中埔有此物？她委實不知，但住處離中埔不遠，可去代我取。

貪吃如我，即刻追尋栗子芳蹤，查問及已值季末，所剩不多。既好吃又是植物業餘愛好者，決定藉著追尋黃金板栗的理由，找出瘋忙的縫隙，探訪多時不見的老同學。

於是，老同學的先生擔任司機，一行三人抓住秋日板栗的黃金尾巴，農家電話裡說已經沒有了，到了現場卻還堆積如小山。樹上猶掛著些許青綠色小刺蝟般的黃金板栗，正嘖嘖稱奇時，農家太太現身，據她透露，這栗子是六十餘年前，公公上阿里山打工，人家送他幾顆，帶回家一吃，讚嘆如此佳味；日後他再上阿里山，拿到生實，捨不得吃，揣回自家農園，種下第一棵母株，逐漸枝繁葉茂，遍布兩甲地，養活一家人。

不過，她兒子在一旁卻說，「這已經不可考啦。」

無暇追究黃金板栗來源，總之，已經成爲農家的「生財樹」，然而採收黃金板栗有其先天風險，一不留神腦袋被熟果砸個正著，重則要送醫求診，說來盡賺的也是辛苦錢。

每年暑假八月底，全家全員出動，老少手套一雙、頭盔一只、水桶一個，再備一把自製的平行長鉤，滿地找成熟落地的棕色刺蝟。

黃金板栗爲殼斗科栗屬，常見於海拔三百七十到兩千三百公尺山區，分布在越南、中國東北、華北、華中乃至於西南的貴州、雲南，甚至西藏等地。目前，板栗生長最南端、成熟時間最早就屬嘉義中埔，整個中埔鄉種了四十、五十甲，五到六月間毛毛蟲狀的葇荑花序開得如滿樹爆竹，長索狀的雄花，叢生狀的雌花味道濃烈頗能吸引昆蟲授粉，據說栗子花蜜的香氣相當濃馥，只是量太少，生吃都不夠；成熟後由綠變棕色的栗實裡有三顆栗子。每年八月進入果熟期，中埔鄉舉辦栗子節慶豐收。當地人習慣以鹽炒，而非糖炒，謂更能提出甜味。

年年都惦記著中埔黃金板栗的產季，再親自赴產地，卻常錯過。想念栗子滋味的老爺見路旁販售韓國栗子，拎回一包，才吃兩顆，就拚命搖頭說不能比，曾經滄海，吃過中埔栗子，其他的栗子莫不索然無味。

大約二十多年前聖誕節前後，與一對好友夫妻赴羅馬分時旅行，下榻距羅馬四十分鐘遠的戴安娜湖畔的 Villa。聖誕節期間，諸店不開，只能 window shopping，連餐廳也照常休假。每日晚餐非得在街上採購完備，自烹自煮。我們散步羅馬街道，買袋路邊攤的炒栗子，發現栗樹處處，遂撿拾栗子，負責料理早晚餐的我，把栗子放在爐邊烤熟，口感竟欠佳，只能聊作談話的佐食。

植物與食物的憶往，友人夫妻遷居彼岸多年，兩人連讀了三個博士學位，幾近失聯，天涯咫尺，唯難忘昔時冬日爐邊暖語。人生路上，常受親情與友情的澆灌，任憑自己率性。

回甘無窮，油甘子

從居鄉間老友處，她指著山壁邊一棵油甘子，那是前些年活動後種下的因緣，擅烹的她把鹽漬的油甘子列入一甕甕調味魔法中，她說烹調時切些鹹油甘子末撒入鍋中，立時鮮甘提味。

✽

油甘子和橄欖、梅子異曲同工——都是入口澀到家，不太宜生食，透過醃漬，釋出養分與風味的佳果。但油甘子耐得住第一口澀味者，則生津回甘。這類果實初時酸澀，經時光浸釀後，回甘無窮，也叫「餘甘子」。

不少地方慣以盛產之物命名，香港昔日雖是小漁村，荃灣卻有處叫「油柑頭」，據悉係盛產油柑子而得名。

坦白說，在我早年有限的飲食經驗裡，不曾吃過油甘子。第一次吃到的已經是漬成皺皺的甜蜜餞，分辨不出原初滋味，就當作是尋常漬物。

執念於外表的人，常會被外表欺騙。

二十出頭時曾喜好羊脂白玉，買過幾個小件帶在身上。當皮質光潔亮滑，果肉微微透明，若羊脂白玉的油甘子生果出現眼前時，乍看以為是一顆顆剔透的綠葡萄，抓了一顆塞進嘴裡，入口一咬，驚聲道：「好澀呀！」

果實水綠透亮，愈青綠的油柑，愈苦澀，呈淡黃色較易入口，果熟後開始蔓生褐斑，必得速速處理。

大喬木的樹葉樹形也蓊倩可愛，羽毛狀葉潑灑上一層亮光漆，果實纍纍結在互生的葉子下方，被歸類為葉下珠科，據說可長成十層樓高，當他們被經濟作物化之後，怎可能爬到十層樓採果？節省人工與採收時間，提升經濟效率，矮化，就是充分必要的過程。

因一工作得蒐尋採集野花野果之類的山野零食，知悉原為野生的油甘子本是山林間的客家人食材；近些年，早已被苗栗、台中的客家農夫人工大量栽種。

植物但凡被發現療效，卽刻鹹魚大翻身，往昔藉加工製蜜餞的平價油甘子，經學界研究，發現其富抗氧化、抑制三高、改善糖尿病等功能，如今以酵素、藥丸等性狀，一躍成昂貴的保健食品。

「滇橄欖」是油甘子別稱，一聽就知道雲南有產，雲南文山、傣族、瑤族、哈尼等族各有叫法：望果、木波、嚕公膘、七察哀喜。油甘果、油甘子、油柑子、油柑則是華南人、香港人、日本人的命名。中國東南、西南地區，於秋分前後，值油甘子豐收季，中秋賞月必有此佳果。印度人也愛其漬。在馬來西亞當地，馬來語 Pokok Melaka 借用油甘子的梵語名，稱爲麻六甲樹，理當種得滿遍野吧。

認識這種澀果後，來得及趕上生產期，且閒情足時，卽順手拿鹽漬一罐，蒸魚燉菜想到加一點，並未特別講究。

訪徙居鄉間老友處，她指著山壁邊一棵油甘子，那是前些年活動後種下的因緣，擅烹的她把鹽漬的油甘子列入一甕甕調味魔法中，她說烹調時切些鹹油甘子末撒入鍋中，立時鮮甘提味。

以鹽或甘草、白糖等，醃漬成「鹹油柑」和「甘草油柑」，經鹽糖浸潤後，澀味盡吐。嘗見長輩以一層果、一層鹽，丟個兩片甘草，依序往上，密封鹽漬，一個月後可添食韻，亦可泡茶。

油柑果實跟柿子一樣可做染料，從根莖葉果實，連種子榨的油都可做成滋長頭髮的外用品，內服據說可治風火、胃痛等小恙，自然成爲克勤克儉的客家族群人家喜種的全株可用珍果。

那一年，送來這晶瑩剔透的油甘子，活動結束後，衆人盛裝一袋袋，不知漬釀得可有心得？

身價水漲船高的薑黃

定居南部的老同學，她家有個半分地的庭園，隨手一採的植物就可以入菜，像薑黃，這些年漲價到一發不可收拾，她家就種了幾株。晨起，她先生特別指著一株葉子修長，直紋鮮明，開著青燦鵝黃嫩白艷紅的穗狀花說：「妳應該難得見薑花開吧。」

✽

向來很羨慕家裡有院子或有土地的人，想種什麼就種什麼。

顛覆山水畫的畫家收成了薑黃，自行磨粉，只送不賣分享有緣人，我幸運地分得一罐，醃肉醃魚，染成黃橙色，沉鬱氣味，於忽寒忽雨的孟春暖了胃。

在《積存時間的生活》這部紀錄片裡，日本已故建築師津端修一和太太英子生前在愛知縣春日市高藏寺新城的土地不過三百坪，約合一分地，就四季種得忙乎乎的，每次農作物收成還多到必須想盡各種辦法來加工儲藏，到處送人，這大概是我最想過的日子。

有一年，探望定居南部的老同學，她家有個半分地的庭園，隨手一採的植物就可以入菜，像薑黃，這些年漲價到一發不可收拾，她家就種了幾株。晨起，她先生特別指著一株葉子修長，直紋鮮明，開著青燦鵝黃嫩白艷紅的穗狀花說：「妳應該難得見薑花開吧。」薑科的薑黃開黃花或紅花，自己都盆插過切花，眉清目秀相當雅潔，整株植物偶爾在植物園及農家見過。

老同學也像津端英子般，院裡可食植物一收成，就採摘日曬或手工加值，我曾收過她寄來一大袋曬乾的肉桂葉，她自己用來反覆滷桂葉蛋，桂香除蛋腥，不遜於淡水阿婆鐵蛋；也收過她打包一整箱視覺遠勝於味覺的仙桃。而亞洲的印度、巴基斯坦、孟加拉、馬來西亞、新加坡等地都喜食的薑黃，她偶也收根莖，磨成黃色粉末，一瓶瓶薑黃粉常用以送禮自用。

我因喜歡薑黃花，也種過一棵，夏天常奄奄一息，從未見開花，想來是水土不服。

咖哩主要香料之一是薑黃，本身味道略苦而辛，還有股泥巴味，調了孜然、丁香、肉桂、芫荽、肉荳蔻、葫蘆巴，通常成粉成塊之後，遮掩肉羶、一統菜味，便利有餘，到位不到位天懸地隔，然而拿瓜茄胡蘿蔔馬鈴薯熬一鍋蔬菜咖哩，青綠姚黃醬紫朱柿，配一鍋粒粒分明香甜黏糯的白米飯，常民簡食，營養不減分。

薑黃富含薑黃素，常見於中醫藥材和順勢療法。產於中南半島和印度、巴基斯坦、孟加拉等南亞諸國，攝氏溫度二十度和三十度之間及年降雨量豐沛之地生長最適合，台灣雨量雖豐，但氣溫偏高，成長緩慢，等到可以收成，得耗點時日，這也是小農家薑黃價格何以居高不下的來由。

具藥性，甚得愛食補藥補的台灣人青睞，有人每日純吃一小瓢粉，更促成價格水漲船高。不少農家都會種個幾株，自行磨成粉加減賣。單吃粉，不易入口，薑黃溶於油脂，添加油或乳，較易吸收，遂發展出泡牛奶、優格，連咖啡都參一咖，也算極盡。

小兒嗜咖哩，非要阿嬤煮法的咖哩，將咖哩粉或薑黃粉乾炒出香氣後，陸續加入洋蔥、胡蘿蔔、馬鈴薯、雞肉拌炒；若非以此種料理法，稍加蒙混，歪嘴雞的小孩扒兩口後，就找理由下桌，眞箇阿嬤養出的刁民刁嘴，每次問他說，

「今天吃咖哩，好嗎？」

「要阿嬤那種咖哩喔。」

畫家的薑黃粉恰恰派得上用場。

前進吧！洛神花

走回他居住的永久屋，眼見小院裡一株洛神花站得挺直，分出的枝枒上頭綴了滿滿的花萼；當下，終於理解洛神花與原住民部落的關係，那是一種安身立命的篤靜。

✽

讀林業試驗所出版的《佛里神父》，以爲是一本學術性書籍，卻意外地好看。台灣有許多生物都冠上佛氏名稱，正是以發現者佛里神父之名來命名的。

人類進入大航海時代，歐洲各教會派遣一批批具有博物學家或科學家素養的神職人員，跟著船堅炮利，深探全球各「新大陸」的角落，蒐羅採集舊大陸不曾見過的動植物，並從事自然研究。

「當時的博物學家和神父們都認爲，自然是上帝『包羅萬象的公開手稿』，對她進行研究，結果是和上帝的書面信息──《聖經》相符的。自然神學允許人們通過自然研究去了解上帝。……所有的科學都是對上帝的研究的奉獻和作者的榮幸。科學不但值得表彰，客觀而言，甚至是神聖的，知道眞理就是知道上帝。堅韌不拔的科學家將有助於揭開上帝包藏眞理的面紗，並弘揚人類的精神。」書中引用中國學者羅桂環著作的一段，充分說明了從十五世紀以降的神學與科學之間的密切關聯。

佛里神父主要研究的範圍爲日本北海道與台灣，但可以想見其他博物學者或神父進入歐洲視角的「黑暗大地」──非洲，甚至印度時，被其中的奇花異草見獵心喜到心噗噗跳的模樣。現在的台灣人看洛神花可能絲毫不覺得稀奇，當第一株玫瑰茄也就是洛神花被發現時，那綺麗若紅寶石的花苞，不知給予發現者多大的欣喜？

而我們常常自以爲很熟悉的植物，深究後，會覺察自己壓根不認識這些植物，洛神花可能就是其中之一。

日常常見，卻不上心的洛神花，在一次拜訪莫拉克風災後的杉林村永久屋時，讓雙眼做起水災。

在那之前，從未好好看過洛神花。

訪花東地區的部落時，幾乎每家都會種一兩棵洛神花，並不特別以爲意。那一天，由莫拉克風災倖存的農夫帶著前往被滅村的小林遺跡，殘亂傾圮的現場據說還埋著許多挖不出來的受災者，永遠忘不了農夫斯斯然地說：「我們住在永久屋，半夜還常聽得到哭聲。」聞言頓時雞皮疙瘩滿身。

走回他居住的永久屋，眼見小院裡一株洛神花站得挺直，分出的枝枒上頭綴了滿滿的花萼；當下，終於理解洛神花與原住民部落的關係，那是一種安身立命的篤靜。

原鄉通常地處海拔相對高或貧瘠之地，適合種植耐旱強壯的作物，從熱帶、亞熱帶的印度、西非引進的洛神花正是這種特性，久而久之，與紅藜等成爲原住民村落家家都種的紅色植物。

風調雨順時，洛神花按歲時開花，供原民部落熬煮飲用與蜜漬。當莫拉克災情讓小林倖存者失去賴以維生的田地，餘悸猶存的他們遷往永久屋時，可能就開始盤算要種那些植物？那洛神花裊裊婷婷伸展時，終於安撫了一顆顆驚魂未平的心，那種劫後的點滴恢復，莫名觸動了我這外人。

排灣族部落分布的台東金峰鄉，可說是台灣最著名的洛神花原鄉，每年近秋迄仲冬，滿山紅寶石搖曳，甚至依偎在牆角，張開粉紅花瓣，花蕊紅中偏紫，完全可用曹植《洛神賦》唯二記得的兩句形容之——「柔情綽態，媚於語言」。

西方人向來對玫瑰情有獨鍾，當他們看到洛神花時，命名為「玫瑰茄」，足見他們有多戀慕其瑰麗。

洛神花係錦葵科木槿屬，或一年生草本或多年生灌木，最高可以長到兩公尺半；另有洛神葵、洛神果、洛濟葵、山茄等名，互生的葉片裂成三或五片，中南半島各國都有各種將洛神全株利用的方法，緬甸拿洛神花葉來做菜，微帶酸味，很怡口。

曾與一位喜歡植物的女士並行於鄉間，行過一小片洛神花園，她提到洛神花葉可食之事，「妳怎會知道這種吃法？好像只有東協各國像緬甸人會這樣吃。」她說自己是緬甸華僑，想念起這道僑居地飲食時，就會央求開餐廳的哥哥烹煮。

洛神花由非、印東來後，落腳在中國兩廣、閩、滇，這些地方的盛產期爲四月或八月下旬，台灣則是秋冬收成。

溫帶國家有色澤鮮艷紅潤、營養價值極高的蔓越莓、紅醋栗等，也許富含花青素、果膠、果酸、維生素C、β胡蘿蔔素等的洛神花並不遜於這些紅漿果，清涼降火、生津止渴、利尿等功效之餘，尚可調節血脂、高血壓，倒是滿適合栽種於營養過剩、文明病當道、國民十個有八個過重之國。

洛神葵可食用之處，位在花朵凋謝後的萼片，採收的農夫們爲了避免壓傷花萼，全程以人工採收、耗時厚工，花萼一旦採下，務必得趁新鮮，清洗淨，俟水分全乾後，漬入砂糖、蜂蜜等糖蜜中，正是市面上常見的蜜漬洛神花，也是夏日常用以增添沙拉風味的祕密武器。

常收到各路朋友贈予的洛神花乾，味酸的洛神花沖煮成茶飲，溫度趨冷後，冰鎮在透明玻璃器皿冰得汗流浹背，淋一匙蜂蜜，自己還會調點檸檬汁，其中酸甜層次變化，極細微，亦是生津解渴勝品。

若懂得自釀之道，新鮮洛神花釀漬成七日可成的發酵飲，調上氣泡水，奪目胭脂紅，如此養眼，怎能不醉？

茶籽油貴得理直氣壯，蒔茶籽

茶樹經過一年醞釀，顆顆茶籽凝斂了日月精華，近冬時節始可採拾，因產量極其有限，巷仔內的知路人都會提早預購。當地茶農收成時，絕不會放過任何一顆掉落的茶籽，實因粒粒皆難得，唯親手採過茶籽，方知滴滴皆不易。

✽

走到中年後期，回望桀傲不馴的此生，無啥成就，唯一恩典是口福不淺；從未想白吃白喝，卻走到哪，幾乎都有人照料招待。

印象極深刻的十月初假日，將近年餘未見的同事姐姐自滬退休返台，我這城市骨架，肉體不耐田野操練，卻不時肖想被農村神魂附上的人，受她之邀赴其父家族位於淡水的茶園採蒔茶籽，豈能放過的行程硬是得挪出時間緊跟著。

大姐弟媳向來周到窩心，費神安排節目——茶籽採畢，吃客家農家飯，這種場域所保留的傳統灶腳，可能都有一口竈，掏出埋在極深層的大腦皮質層裡的記憶——年節時大人團團轉，亭仔腳廚房廳堂都是食物，準備做年糕已挨好的一袋袋米擱在中井院落的長條椅，以石頭壓著，生性潔癖的外婆把菜蔬洗得潔淨泛光。我蹲在窄窄的廚房木門外，盯著外婆在狹長的廚房裡井然有序地轉身其間，雙手會飛似地把揉雜了荸薺的肉丸、醃妥的醬小排、香菜、花生、削成細絲的胡蘿蔔分別裹上已調好的麵糊粉漿，一點都不滴在竈台上，準確緩慢置入表面無波的油鍋，瞬間刷地一響聲，香氣幾乎在同一秒間逼出我的涎液，起鍋的金黃炸物還沒拜灶神，先拜我的嘴，燙到口腔舌頭快熟了，仍不悔搶頭香。

我最喜歡許多人聞之色變的香菜炸，青梗綠葉被鎖在金黃麵衣裡，是我一生不改其志追逐的人間美食，外婆走後不曾再吃過。都市的公寓大廈廚房不容許你去備一大鍋油的空間，炸得滿屋油煙可能會惹得同室操戈，再說炸完後，一海鍋油該如何處理？

曾經因爲太想念那菜蔬天婦羅的香酥脆，我梭進城西老區巷弄的路邊炸物攤，點了一個自己壓根敬而遠之的蚵仔與韭菜合體的蚵嗲，坐在美耐板摺疊桌旁，一口口把蚵嗲吃個精光，還逐筷收拾乾淨盤中的韭菜屑。

外婆的老灶腳何時拆掉，我毫無記憶，總以爲有一口傳統老竈燒的菜理當能喚回一點點外婆味，還有若要能親手採到蒔茶籽，此行不枉。

許多年前，任職於以友善農作產品爲主的電子商務平台，公司決定力推花蓮卓溪鄉的苦茶油，善於美化事物的日本人叫做「椿油」，韓國人竟然稱爲「石榴花油」。幼年也常看外婆以椿油滴上頭皮，並以黃楊木扁梳細細整理她過腰的長髮，再挽成似一朵花的髮髻，我們都愛鼻子湊近聞聞，她用的「椿油」正是茶花油。

爲了解茶籽油狀態，跟著當時輔導卓溪重振苦茶油產業的朋友，跑一趟花蓮卓溪布農族部落。荒煙蔓草間，遍布滿山的苦茶樹，當時整理出來的約四十公頃，全部面積則一時難以釐清。在檳榔樹種滿全台灣中低海拔平地與山地，這些苦茶樹沒被檳榔樹或其他入侵性強大的植物取而代之，允爲一件奇事。

據說五、六〇年代，家戶食用油雖在油行打，但民衆油脂攝取普遍不足，偏鄉尤甚，遂由公部門發放苦茶籽造林，各鄉鎮所栽種的間距密集，自立自強了油源，不必向外揩油。爾後，邁入包裝沙拉油時代，茶油經濟價值跌落，砍掉苦茶樹改種其他作物，倖存下來的苦茶樹則任憑荒廢。

千禧年前後，苦茶油竟鹹魚翻生，但市場上本地產的苦茶油比例甚少，而要得一瓶苦茶油得採收苦茶籽，從剝外殼、內膜，還有一層緊貼果肉如肉胎衣般的膜，當地布農族的嬤嬤們個個剝得哀哀叫：「這皮太緊啦，剝起來很麻煩呀。」

她們手上的還是白花大果，若是小果，剝起來所費的勁更教人厭世。

屬山茶科的油茶樹品種甚多，我見過大果小果，紅花、白花以及金花，茶樹多半採阡插或壓條方式繁衍，被稱爲「父不詳野茶」的蒔茶樹，卻是由種籽直接進行繁衍的，果粒又小了些，如果請我遇到的部落嬤嬤們來剝，可能要唱起哀歌了。

初到淡水樹興里的茶園現場，正綻開潔白素顏的單瓣小花，鑲著花蘂的藤黃柱，原以爲是白花小果品種的油茶樹，但大姐的弟媳透露：「這裡每棵茶樹都是獨立的。」原來「蒔茶（野茶）」，用途多以其葉來泡茶。

從茶樹開花後，所謂自花不親合的茶樹，必得透過昆蟲授粉所結的茶籽，以乘風破浪之勢翻飛掉落地面長出的每棵樹，彼此間確實是獨立的，未必是同一株母株，更別想知道從哪棵樹授粉而來的，每次問起，農夫毫不例外回你說：「只能問做媒的蟲。」

無由知悉會授到什麼茶樹的花粉，凡是這座茶園種的金萱、四季、烏龍、翠玉等品種，都可能是這棵種籽的爸爸，也無法預知未來長成的茶樹是哪一種，各自的花粉來自不同茶株，才會有「父不詳」一說。

這片位於淡水樹興里的蒔茶樹爲當地客家族群所擁有，整座山幾乎都是種茶人家，往昔因茶的品質優異，曾是外銷日本的尖兵，當地因而一躍成知名茶莊村。五〇年代後，機採茶大量取代手採茶，採茶工逐漸凋零，茶園也逐一式微廢置。

二〇一〇年，在「農村再生計畫」的大帽子之下，五名當地人投入整地，積極轉作復育「蒔茶籽油」，復耕面積爲十五公頃。大姐家手足從父親手中繼承，姐弟均非從農之人，不願見先父遺產荒廢，遂委由鄰居代爲照顧管理。

若是泡茶用的則不能讓茶樹開花，否則葉會老掉。而以茶葉爲主的野茶因每株茶樹都是獨特個體，風味將會迥異於母株。復育後的茶樹以生產茶籽爲主，任這些不屬於單一茶種的野生茶開花結籽。

茶樹經過一年醞釀，顆顆茶籽凝斂了日月精華，近冬時節始可採拾；因產量極其有限，巷仔內的知路人都會提早預購。當地茶農收成時，絕不會放過任何一顆掉落的茶籽，實因粒粒難得，唯親手採過茶籽，方知滴滴皆不易。

茶農指出一棵蒔茶樹所採的茶籽應該做不到一瓶蒔茶籽油，按說採茶籽比採一心二葉輕省，這天我心生旁鶩，邊採邊打算要剪些自己很少見過的單瓣白茶花回家插，眼睛滴溜溜挑花，領了黑灰相間的茄芷袋，採了半天，不到三分之一袋，一行三人加起來九公斤，產能之低，再也不敢喊一瓶兩千元的蒔茶籽油太貴。

採就的茶籽，去殼除皮，透由暖暖冬陽曬呀曬的，緩緩地曬出香醇來。茶籽被送進里長家的機器，冷榨萃取茶籽油。榨油時，油香四溢，很是刺激唾沫分泌。

製程極其繁複，但喝過醇味十足的茶籽油後，那埋藏風土與天地風華的蒔茶籽油，連不識其味者也頻頻吮指。

當日農家菜以一口竈烹煮、油底就是蒔茶油，所烹調的每一道菜，傳遞出蒔茶籽油所做的直接而樸實味道，能嘗及看似粗食卻佳美的原滋味，眞該像日本人用餐前那一聲「感謝了」，衷心地謝天謝地與招待我們的大姐一家人。

臨返折了幾枝帶蕊枝條，帶回家瓶插，每日開一小朵白花，姿態清秀婉約，連開了八天，也算是這趟採茶小旅行的尾韻吧。

燦爛金黃預告冬日來臨，柿子

有次忘了是外婆還母親帶回硬而澀的脆柿，初時，秉性牛拗的小孩早已柿子撿軟的吃慣了，執拗地拒絕承認這硬梆梆的黃綠色水果是那紅統統軟QQ的柿子的原型。打破沙鍋問外婆，弄清個究竟，她老人家說：「軟柿其實是用脆柿催熟的，和其他熟了的水果放在一起，就會變軟。」

✽

老爺返家時，捎了一袋正當時的柿子餅，仍披著金黃外皮，迴異於慣見的褐色柿餅，雖值控制糖份吸收的減碳水化合物期間，仍接下一顆連皮帶肉如松鼠般嘬著嘴細細地啃完，這柿餅剛從冷凍櫃取出，似綿稠的冰淇淋。

「裡頭竟然還有籽！」吐出尾巴橢圓頭尖尖油亮亮的深咖啡色柿子籽，「美極了。」仔細端詳，暗自吟賞，「好想種它啊。」但立足彼此挨蹭的都市裡，實在找不到能容納一棵柿子樹伸枝展葉的空間。

曾以爲柿子是軟的。每到霜降——秋季最後一個節氣，秋末微醺的空氣裡，水氣浮浮蒸蒸，外婆和母親的菜籃裡不時會有紅潤扁形的柿子，我總剝開像一個蓋子的栗色硬蒂，擠出裡面軟軟的果肉，噘起嘴脣用力一吸，尤其喜歡口感有點滑溜的種籽，最後再把皮撕開來吃，算是完成啖秋柿儀式。

母親老家在新竹，以往家裡柿餅從不缺，從小就學會要有霜白的才是上品，個人的吃法一樣比照柿子。

如此嗜柿，直到小學高年級，有次忘了是外婆還母親帶回硬而澀的脆柿，初時，秉性牛拗的小孩早已柿子撿軟的吃慣了，執拗地拒絕承認這硬梆梆的黃綠色水果是那紅統統軟ＱＱ的柿子的原型。打破沙鍋問外婆，弄清個究竟，她老人家說：「軟柿其實是用脆柿催熟的，和其他熟了的水果放在一起，就會變軟，不再澀口難耐。」

對澀柿依然心不甘情不願，既然成熟水果能釋出乙烯氣體（幼時並不知此專有名詞），促進柿子脫澀，勉強接納此事，心裡打定主意絕不碰澀柿。飯後，到了水果時間，母親削好皮分切妥，好說歹說半哄半騙，吃了第一塊之後，發現並沒有想像中的澀，而且還頗有甜度。

過了井底蛙的求學階段，出社會首次出國跟團遊日本奈良，值秋末初冬交替之際，坐在遊覽車上，乍見窗外的柿子樹樹稍上掛著圓頭尖尾、長長的、金燦燦的筆柿，興奮地指手畫腳。下車後急忙找尋柿子或柿餅，店東謂，「得看是日本產的或是中國產的，價差極大。」那次，土豹子的我們認識了圓形以外的筆柿，也是生平第一次吃到紅得發亮斗大的甜柿，連皮帶肉，滋味甜美清爽，還敗了一奇貴的六大顆盒裝返台。

開始有意識了解諸般蔬果後，始知柿子的品種破千種，大抵以原產於黃河流域的甜柿和江南的澀柿子兩大類爲主，成熟的甜柿已脫澀，澀柿則仰賴人工脫澀，中國北方農村慣稱的「懶柿子」，係採浸泡石灰水脫澀。

柿樹科柿樹屬的柿子，分布在溫帶到寒帶的中國，爾後傳到日本、韓國等地，美洲的巴西有美洲柿，經人工培育後，品質與味道急起直追東方柿。然而，台灣的農業技術向來是青出於藍，如今的甜柿集中栽種於台中和平、新竹五峰、尖石等地。每年若記得起來，不忘買幾顆來自復興鄉比亞外部落的泰雅族農友所種的甜柿，皮薄肉清甜，幾乎是吃過的前幾名。

新竹地區吹九降風，爲作柿餅的不二地點，北埔更是新竹地區栽種柿樹面積最廣的；有回遊嘉義，聽諳植物的友人說：「新竹人都跑來嘉義番路買柿子，回去作柿餅。」嘉義番路鄉確實是柿子大本營，本身也產柿餅，只是名號不若新竹響亮。

從來就喜歡柿子，每次看到蒼茫枝葉間懸掛著色彩鮮艷的柿子，精神立時振奮。某年楓紅十一月遊京都，我們信步走著，瞥見以溫泉聞名的有馬一戶人家庭園，一棵滴溜溜的拓黃色鴉柿盆栽，頭圓尾尖的果實在殘陽下包了一層金箔，局部反光，這盆不曾用鐵絲固型，也未修枝，漫拓的煙墨色枝條有種枯頽滄桑感，我匆忙按下三張照片，即緊跟上同伴們腳程。

返台後，追索鴉柿蹤影，竟是珍稀盆景植物，在線上交流推廣老鴉柿大有人在，錐形、紡錘形、倒圓錐形，有的尾部渾圓收尖，有的細長倒底，櫻桃紅、緋紅、杏色、山楂色，潤潤亮亮頗像裹上糖衣的糖葫蘆，綠果子則如翡翠，還有些稀有的杏色底帶黑金斑點，被稱爲「黑朔」，老枝新枝均可插枝繁殖，要想得到一枝枒，代價不菲，壓根是錢閒兼具的人們才玩得起，滑了幾輪滑鼠就放棄追逐。我雖喜歡植物，也不時種小盆栽，十之八九是從花盆的漂流客撿出移植，要我像伺候超跑般對待植物，常得掄起小剪刀修剪磨出美型，只能殊途分道。

在東方世界向來甚受寵愛的柿子，有個好名字，年節一定要備來「柿柿如意」，加上顏色分布從金黃色、橘紅色到緋紅色，都是華人偏好的吉祥色，擺上幾個奪目應景添富貴。

「霜降吃了柿，不會流鼻涕。」福建諺語這樣說，甚至有「打過霜」的水果特別甜的說法，有些地方喜在冬季吃凍柿子，如此說來，昨日老爺帶回來的應該是「凍柿子」，而非「柿餅」。

吃過柿子，表示霜降節氣已過，冬日已悄悄上崗，這些年，還過得真快。

人類第一件織品，無花果

一趟土希之旅，於希臘雅典水果攤上見到這傳說中的無花果，熟透的果實呈現如絳紫色貝殼狀球根狀，又像大一號的深紫大蒜，整顆果實有微微突起的直條紋。

✽

趕著搭車去外地的途中，巷子裡的一棵無花果結果，果色猶青，倉促間，仍見果心喜，拿起手機速速拍個幾張，後面一位看似疾步於上班途中的小姐，見狀問我說：「這是什麼植物呀？」「無花果。」「哇！沒見過，台灣有種呀？」「有呀，宜蘭、桃園、台中都有人種。」

喜新戀舊的自己在二十年前就種過無花果，也結了幾顆小果，之後可能因爲自己照顧不周，那株無花果就葉乾枝枯自此再見，近年再接再厲，終於結果，卻因爲一趟出差，忘了吩咐，三天滴水未澆下，幼果落地。

無花果，之前都停留在書裡電影裡，一趟土耳其希臘之旅，於希臘雅典水果攤上見到這傳說中的無花果，熟透的果實呈現如絳紫色貝殼狀球根狀，又像大一號的深紫大蒜，整顆果實有微微突起的直條紋，還沒伸手，小攤主就叨唸：「不可以用手碰！碰了哪顆，妳就得買！要哪一顆拿給妳們。」歐洲買水果的習慣迥異於台灣，不像我們都一顆顆挑一顆顆檢查，當然也因爲無花果特別柔軟，五爪指印很容易留在果實上，自然影響其賣相。

幾個女子請水果攤老闆挑幾顆，攤主以素樸粗紙包給我們，撥開無花果時，裡面密密麻麻百子千孫，還會牽絲，一入口，甜糯軟綿，全然有別於果乾的口感和風味。

自己第一次沒把無花果種活，隔幾年後，宜蘭、桃園逐漸有人種植，一盒五百元，貴到出汁的售價仍阻止不了想試的欲望，敗了一盒，記得是以掀蓋式牛皮紙盒裝的，打開盒蓋，紅中微帶紫像碩亮的巨型寶石、十二顆無花果安躺在其中，每顆直徑約八公分，小心翼翼地享用，之後，還買過一、兩次。

曾收到一盒農夫種的無花果，打開來，倏地映入眼簾的絳紫色十二顆，整齊排列，瞬間眼波閃過一抹靛藍，怎捨得吃？幾年前，曾爲了讓員工開眼界，掏腰包買一盒，分而食之，衆人對無花果的口感與滋味嘖嘖稱奇。

無花果原鄉在中東、西亞一帶，人類歷史記載的栽培史已逾五千年，《聖經》裡，耶穌即在中東地區行走講道，《馬太福音》和《馬可福音》都寫到耶穌與衆門徒有一早從伯大尼返城，肚子餓了，看見路旁有一顆無花果樹，走過去只見樹上掛著葉子，找不到半顆果實，就對樹說：「從今以後，你永不結果子。」無花果立刻枯乾而死。這段故事不是基督徒可能看得莫名其妙，耶穌的門徒也是如此反應，這段故事用意在於教訓門徒要有信心、不疑惑，不僅能行耶穌在無花果樹上的事，還可移山入海。

在基督教裡，無花果的意表至爲重要，整部《聖經》無花果出現六十二次、無花果樹四十次。《創世紀》裡，亞當夏娃吃了分別善惡樹後，知道自己赤身露體後，立刻拿了無花果葉子來編織裙子遮羞，照《聖經》所指，這應該是人類第一件織品。

因外觀看得到果卻不見花，得名無花果，還有映日果、優曇缽、底珍樹、蜜果等別名，古籍《酉陽雜俎》裡有個翻譯自波斯語的阿駔。或許因爲無花果花朵性狀太特殊，佛教和印度教也都認爲這樹不會開花，經書裡不時會以「無花果樹尋花」來形容一件不可能的事，或不存在的事物。

事實上，無花果有花，只是花藏在果實內部。這種桑科榕屬的落葉小喬木，尾端有個小孔，近小孔處有雄花，往上則是毛茸茸一整圈，小孔頂部有雌花，這果實是天生來給榕果小蜂找麻煩的，牠只能從這小孔鑽進鑽出，不斷循環地完成把雄花粉授給雌花的任務。或有細絨毛或光滑無毛的葉子，呈不規則鋸齒緣或波緣，極大一片，難怪亞當夏娃情急之下會採來遮羞。

我向來喜歡植物，常只是不求甚解，察覺有七八分像就罷，自己叨唸著說早知道該讀植物學，有位學農藝的小友說：「那你會背到那些名詞和分類背到發瘋。」是呀，還好沒念植物學；認識一群學生態的小友，每每像做訓詁學般，觀察每個肉眼都看不到的特徵，吹毛求疵地區別各種生物之間的細微差異，找出日本植物學者早田文藏所說的「因陀羅網」，終身踽踽那條不知伊於胡底的漫長道路上。

當我再接再厲種下無花果，發現各品種頗有差異，光看葉子的形狀就千變萬化，成果果皮更是灰、綠、紫黑、紅黑、紅紫、黃綠等色，尚且帶有花紋，全世界居然約有七百五十五種無花果樹種，目前公認物種有一百一十二種，其中三十六種原產於非洲南部。單是這些樹種已眼花繚亂，還不包括十九世紀末就引進台灣的各品種。唉，我寧願做個業餘觀賞者，有任何疑問求教於受過專業淘洗的植物高手比較實際。

無花果果實價格長年仍居高不下，不若原本珍稀的樹葡萄價格已一落千丈。究其原因，本地種植面積始終零星，雖說近年來在園藝和農作逐漸普遍，但皮薄肉綿運送易靠傷，果肆幾乎都不賣。

結識一家宜蘭農家，訪他們時，農夫帶著小兒教他說生態池怎麼做，小兒玩著被稻草割了一道傷口，農夫折幾葉白花藿香薊葉子幫孩子止血。農家那座屋頂半開放的溫室裡種了成排進入結實期的無花果，農夫有點莫可奈何說：「果實才剛轉紫透，就被鳥兒啄食走，我們只能吃牠們挑剩的。」他摘下裡面最紅尚未熟透的幾顆無花果，以姑婆芋葉片包妥遞給兒子。

「鵝毛贈千里，所重以其人」，在無花果的收受間，或淺或深的交情，有時候結果，有時候無果；此時回味，記得的都是隨喜順緣有果的清甜。

六.

夢想的

人類對植物的仰賴遠遠超過植物對人類的需要。我們常以為植物是無用的，忘了日常柴米油鹽醬醋茶無一不扣緊植物。我們更不自覺地受植物所散發出無與倫比的美學比例所吸引。植物給的盼望，於大難之後的倖存者所暫棲之處，試圖營造一種家庭化、常民生活以及文化認同的氛圍，最是慰藉。

透過個人化創造的小花園，那些植物或許能呼喚出倖存者貯存在感官訊息中，曾有過的家鄉氣息，曾有過的芳馥四季，即使在他鄉，仍要把那些魂縈夢牽的記憶盡可能復刻出來，那可能是相信太陽明天會上升、雨水有天會落下來，生活不會永遠那麼糟的希望釀造器。

假如我有一座玫瑰花園

玫瑰生長環境並不適宜亞熱帶台灣，夏日萎頓是常態。然而，玫瑰插枝即可存活，買回屬於心儀顏色的玫瑰可在花謝後，試著扦插。玫瑰花叢頂芽兒生，竹北一家不尋常的植栽店家主人傳授找根鐵線彎折起來，將玫瑰枝枒順勢跟著彎，以繩索綁定，將能觀賞及玫瑰逐一展開的丰姿。

✽

朝露未退的清晨，下床第一件事逕往陽台去，惺忪的睡眼被綠意點亮，前幾天，打從海岸來的土丁桂全株自行卷成半圓形，紫白相間的螺旋花尺寸還不及小指頭指甲大，此時竟已乾枯毫無生意。去歲白中滾粉紅邊的摩納哥公爵玫瑰，是誰攪亂調色盤，長成腥紅邊漸層迄朱紅色、橙黃芯。盼了近半個月的梔子花終於有一朵撐開蕾苞，湊近深深一息，芳菲沁入心脈。葉片正面暗岩灰色、背面栗色的銀點秋海棠又浮出幾眯眯光澤透嫩的葉芽；驀然間，發現紅紫蘇葉被蝸牛還是鳥兒噬掉兩大半葉，到底是誰如此饞食？巡索每棵植物的樣態，檢核自己篩比色彩的試劑，不急著澆水，先下樓逐一替換瓶花水，待舊水端上陽台先讓土壤最乾裂的植物喝畢，再更替新水，是爲起床早課。

常想，若你擁有一座花園，還會那麼仔細觀察每一朵花的姿顏嗎？若你擁有一座花園，還需要插花嗎？究竟是一種匱乏的補償，抑或是生命本相一種渴求的體現？還是你從自然出走後，與自然一再擦身而過的救贖？

艾蜜莉・狄金生擁一片沙灘般的花園，充滿泥土和動物以及植物共生氣息；而碧翠絲・波特因爲有了百花於叢林間爭奇鬥艷的丘頂農場，創作了永恆的彼得兔故事；英國女星茱蒂・丹契有一座廣邈森林，在至親好友辭世後就爲他們種下一棵樹，只要得空，她的生活就是沿著成片蜿蜒的明黃色洋水仙花欉，踅行於那片濃密霧鎖讓人以爲無邊界的森林裡，彷彿故友仍在身邊。歆羨這些坐擁祕密花園卻簡居亞熱帶島嶼的植生系城市人，仍得設法織造自己小天小地，讓遞嬗的四季向自己簌簌撲來。

陽台植物因微環境的差異，買來的、自來的、人送的，礙於知根知柢難，一盆鮮活常難以一路風華，往往才見某一盆植物長得昂揚闊首地，未幾即沒打算多活的垂頭喪氣起來，每棵盆種植物在在都考慮你的綠手指指數。況且多數植入土的盆栽僅能暫時擱置於室內，長期離開陽光，不消幾天即行懨懨。想擁有一室擬態自然，得效法古人在書齋裡，懸掛一幅山水畫，藉瓶花明志，如宋朝林洪的「瓶花頻換春常在」，也要效法沈復《浮生六記》的「余閑居，案頭瓶花不絕」，無分貧富，透由插一瓶綠幾枝花，延攬戶外綠意入斗室。

中年前就怕從眾的心理，專挑罕見怪奇植物，厭膩傳統拜拜的菊花、劍蘭，覺得像被供奉於案桌的老古板；香水百合和玉蘭花濃香難化，擾得頭疼失神，尤其敬而遠之；玫瑰即使旖旎多姿，囿於常被用來戀慕表態，年輕時拒絕流俗的心態也不在選項內。

當然，那時候不是植物園藝科班的自己只是愛花，於最常見的朱櫻色玫瑰之外，並不知道玫瑰品種竟多達三萬多種，甚且新種迭出，單瓣、複瓣，色彩的幻化絢麗，一本人爲編造的 Pantone 色票也無法盡數涵蓋，姿態更是百轉千迴。直到驚見種名爲「芭蕾舞裙」的玫瑰，若隨風起伏揚起的一襲襲輕紗，亦有得「海神王」之名的則雍容顧盼不遜於花魁牡丹，甘石粉色的「天鵝」娉娉婷婷是舞劇中的婀娜舞孃，自己如闖進一座玫瑰迷宮，張口結舌眼目忙碌。

世上第一株雜交茶香月季誕生於一八六七年的里昂園藝學會，艷冠群芳被賦與「法蘭西」之名。若說人類挑戰自然的紀錄，玫瑰的栽培繁衍絕對算得上一項不斷刷新的紀錄。當今世人認識熟知的玫瑰，是迭經遞嬗，由多種月季與薔薇育種雜交所孕育的成品。

原產於中國東北的玫瑰，雖剛強得滿身帶刺，但蹁躚柔美的花姿傳到歐洲，甚受鍾愛，玫瑰常被採用於歐洲各國的日常生活布品、器皿之中。因自己喜歡老件瓷器，特別留意植物用諸於老瓷廠。英國貴族尤欣賞玫瑰，皇家御用的瓷器品牌 Wedgwood 則經年生產玫瑰繪的餐具，近代有花色較素樸的 Hathaway Rose 系列業已停產，以及 Royal Albert 於一九六二開始製造取材自英國鄉間花園景象的Old country roses系列骨瓷，深芽綠的鋸齒卵形葉環繞著胭脂色、勃艮地色、淡粉色、向日黃色玫瑰，無論碗盤盅均鑲金邊，爲其特色，我看來覺得過於艷麗到近乎俗。這系列瓷器確曾盤據諸多人家的餐桌、午茶桌多年，直到一九九八年，司造古老鄉村玫瑰系列的英國聖瑪麗陶器關閉，生產線轉移到印尼、台灣與中國。

一八六八年展開明治維新，脫亞入歐的日本對歐洲的種種無不欣慕，於一八七五年效法英國專攻御用的瓷廠，成立了專司製造高檔骨瓷的香蘭社，多次在萬國博覽會獲金獎，奉令開始製造皇室御用瓷，並且在佐賀縣有田町的桂雲寺舉辦陶瓷器品評會，成爲現在有田陶器市的濫觴。而香蘭社設計產製的骨瓷不乏玫瑰圖案，隨時代推移，屢有新品，迄今不衰。

擁戴引用乃至於種植玫瑰，更常見諸於東西方文人。

玫瑰雖然清麗絕倫，在明代擅長論瓶花的文人袁宏道眼中卻只是牡丹花的婢女，讓人爲玫瑰叫屈了。

莎士比亞的劇作和十四行詩藉玫瑰隱喻的多達七十次，最著名的莫過於《羅密歐與茱麗葉》裡的茱麗葉：「名字有什麼意義呢？我們叫作玫瑰的這種花，即使換了個名字，還是一樣芬芳。」這齣劇曾經三度改編登上銀幕，印象最深刻的仍是一九六八年拍的《殉情記》，時年十七歲、英氣逼人的男主角李昂納・懷汀飾演羅密歐唱著：

「A rose will bloom　玫瑰會綻放
It then will fade　然後會凋零
So does a youth　青春亦復如此
So does the fairest maid　最美的少女也是」

玫瑰嬌媚柔美，對環境感知極其敏銳。前幾年赴法國波爾多葡萄酒產區，車行駛過，留意到一畦畦的葡萄之前總有幾株玫瑰花，同行的葡萄酒進口友人透露：「玫瑰很敏感，很容易遭蟲害，農場主人會觀察她們的狀況，作爲葡萄健康的參考指標。」

人造玫瑰器物固然可歷久不衰，卻始終無法與柔逸的玫瑰鮮花相提並論；此間玫瑰迷中高手在民間，社群媒體上各種交換玫瑰種植心得的社團不勝枚舉，甚至取經於位於日本埼玉縣杉戶町、自江戶時代以來延續至今的第十九代農夫——玫瑰培育達人木村卓功。

一九七九年，木村上小學一年級時，其父開始種植玫瑰，木村於十九歲克紹箕裘後，創辦了花園玫瑰部門，全心主打新奇玫瑰的培育與古典玫瑰的復育，以從外緣的同綠色花瓣開展到奶白色蕊心的若菜、中心內卷成三卷如暈開來的彩墨的拿鐵藝術等品種，奠下玫瑰種植界的江湖地位。二〇〇八年，他赴法國Delbard公司訪問，並先後往英國、德國、美國等先進的玫瑰育種區考察和培訓。木村更以羅莎歐麗爲品牌名，參加自一九〇七年開辦、最悠久歷史且最具權威性的國際玫瑰大賽——巴葛蒂爾新品種玫瑰大賽，年年參賽品種數也居世界第一。

期間，木村結識了法國同業，齊手履踐玫瑰之美與提升抗病力，以觀察各

個品種的特性後再進行種植，旨在培育出強韌與具備抗病性的亞洲玫瑰，更鎖定灌木玫瑰，也正是樹玫瑰，縱使在低緯度和亞洲炎熱潮濕的氣候下，仍能確保反覆開花不輟，這對亞洲的玫瑰迷們不啻爲一大福音。木村的代表作品有謝赫拉查德、奧德賽、達芙妮、夏利瑪、邁羅斯等品種，他所栽培出來的數款奇幻玫瑰品種也透過此間的尙實園藝樹玫瑰、彰化芳香玫瑰園代售。

自己想要種植樹玫瑰的願望不斷在心底長大，瀏覽各家玫瑰園的網頁，想要的太多，種得起的有限。舉棋不定之際，瞧見梨山農夫阿倫種四季水果之餘，留下一片煞紫嫣紅雪白金黃粉鮭色的玫瑰園，她甚至還擁有英國大衛・奧斯丁的珍貴品種！見她初夏清晨踏入花叢，等待第一道朝陽等待第一陣風的光景，忍不住吞了口水哀嘆：「唉！就算種了一整個陽台，玫瑰還是不可能開得這麼理直氣壯呀！」

掩下電腦螢幕，登上陽台，端詳那幾朵珍貴的摩洛哥公爵，細幼的花瓣向外卷曲，幾片嫩葉慘遭蟲吻，就那麼幾朵捨不得剪來插瓶，任由他們在枝上悠悠伸展，悄悄收萎，每一朵都是寶貝呀。

想要一棵馬卡龍色的伊織，還要一棵雪白的若望保祿二世，缺貨許久的夢幻仙境……假如我有一座玫瑰花園，仍會如此把每朵花當一回事嗎？

跟我逛一趟，花市不迷航

摸清當令的花材，約莫買了兩、三把後，俯看手中的花色，除了單一種花卉的插法外，多種花卉治於一瓶一籃一缽，必有遠有近，遠的彩度較低，近的較鮮艷；遠的花朵較小，近的花朵較大，心中有個構圖的底。

✽

「選擇障礙」，站在花市裡，就是這四個字。

第一次跟我去逛內湖花市的朋友，停妥車，踏入攤位區時，艷黃殷紅絳紫黛青，迷離了雙眼，通常的反應都是一聲驚呼，「那麼多花！」

花草木確實夠繁複，而我不認得的遠比認得的多。只要先有個底，鎖定目標，讓目標導航，必無迷津。

插花經年，賞花看花買花幾成膝蓋反應動作，無論天涯海角一定位下來，只要自己能夠做點主的地方，必定想方設法張羅幾枝枝條幾片葉子，能有花引入室當然更好，有植栽，彷彿有根植於一處的踏實，縱或是暫時的。

荒野尋花與花市的諸色紛陳、琳瑯無度恰成對比，數大未必美，反倒讓人神馳目眩地迷了路，許多朋友或許有此經驗，常問我說該怎麼逛花市？

逛花市，我採用心理性的逛法，而非物理性地逛，此一通則適用於所有以切花或植栽爲主的花市，甚且無分海內外，定能拿穩主意，不至於迷路只爲看花開。

玩味了幾次場地布置、教學，包括這回幫新娘做捧花、插花，這套方法像馬眼罩作用，走在千奇百樣、飛紅翠舞的花草叢中，總不至於分心。

新娘捧花，首重各種花的寓意，除非有不得已因素，通常人會選擇結合的那一刻，莫不懷抱著長長久久彼此相守的念頭，花語非得飽含滿滿祝福，務必得爬梳理清花所代表的寓意。

動身張羅之前，了解新娘偏好的色彩爲要務。若無特定喜愛，可觀察她的膚色偏紅或偏靑或偏黃，花色最好是呈現色彩光譜的一百二十度微互補，台語所謂的「映肉」，偏紅的可選帶藍紫色系花，偏黃的挑紅到橘色系花，膚白者則自由搭配。這回秉性活潑的新娘衷情藍色系，恰巧膚色略呈粉紅，以深藍色矢車菊爲主，由深到淺藍，再以橘紅黛鵝黃、莫蘭迪色等花材襯托，白色手毬和尤加利葉向四方伸展，飄逸飛颺。有位特愛黑色系的朋友預告說結婚仍要穿黑色婚紗，屆時繼續玩票的我答應幫她做一捧以洛陽牡丹花后魏花花色——千葉肉紅牡丹，正紅帶點微黑，主花則爲聖誕玫瑰。

平日插花亦復如是。四時有四季色彩，等同於飲食的不食不時原則，雖說大陸型氣候有別於亞熱帶島嶼氣候，然古人歲時各有花譜仍有其道理，況且今日的進口花卉來自於荷蘭、日本等溫寒帶地區不在少數。春天不宜厚重，夏日避開煩躁，秋季金黃斑爛，入冬則韻藉暖實，聽起來很抽象，打開感官，直觀地感受，掂量色彩並不難。

打定了主色，再選配色，如今網路發達，搜尋色彩光譜，只要有心，理解基本原理，對比色、互補色、鄰近色、類似色、同類色，補綴教育與成長過程中，甚少被啓發的感官悟性；莫任自己被毫無章法犬牙相錯的建築，用色紊亂的人文景觀所宰制；否則，到了有餘裕之時，欲追求樂趣，恐無從下手。

佇立在自己最熟悉也偶感陌生的內湖花市，六排切花區，前後各有一排店，每個店家各司其長，有專賣本土花卉或進口本土兼有，每排各有一家大葉材店。當眼睛視角擴大成廣角鏡時，保證被眼前的花樣花色攪得心慌意亂，勢必得如戴上馬眼罩般，目標明確保持專注。

我的採買花卉原則是，不分季節皆有的花材常陳設於社區花店，無須在花市裡採購。

入花市，先觀察當季色彩，找一個自己這趟想要的主色，先多走幾家，時間充裕時，大可逛完再逐一採買；若在意價格者，當先看勿下手，避免各家價差過大，一路懊惱。也莫貪便宜，食物可以買格外品，植物買了格外品之後，除非只打算插個一日，可選在花盛極時入手，否則最好別買滿開之花，以開約五、六成尤佳。

賣花人是最佳師傅，跟賣魚人一樣，他們心底最有數哪些最新鮮、哪些最當令，我通常都開口問，再當場順手谷歌了解花性。摸清當令的花材，約莫買了兩、三把後，俯看手中的花色，除了單一種花卉的插法外，多種花卉治於一瓶一籃一缽，必有遠有近，遠的彩度較低，近的較鮮艷；遠的花朵較小，近的花朵較大，心中有個構圖的底。若喜歡繽紛色彩者，那就放膽地打翻調色盤，盡攬各種色彩的花卉，唯心中仍有大小比例的區隔，抑或是全然大小一致，經營出如幾何般的規格化繽紛美感。

花材備齊，最後尋覓葉材，綠葉襯托花色，沒有綠葉，瓶花不免少幾分靈動。

內湖花市裡有幾家葉材店，頗能開啓眼界，彬樟葉材與排骨、花藏等店壓根就是四季櫥窗，苦楝果、相思樹、白飯樹、山桂花、紅洛神、白洛神、鵝掌果、馬醉木等，接近聖誕節的龍柏、柳杉、肖楠、雪松、針柏、冷杉，進口的諾貝松盡出，自己特別偏愛秋季的倒地鈴、胭脂樹、紅葉痲瘋樹、欒樹果、苦藏，時間到了，即點指兵兵現身在這幾家打通兩家店的葉材舖裡。

葉子豈只是乏味的綠而已，綠裡帶藍、紫、黃、銀灰……綠色更有祖母綠、翡翠綠、竹青色、蔥綠、碧色、艾綠等，畫畫的都懂。題外，常覺得某些植物寫生或風景畫顯得匠氣，原因出在色彩中缺乏生氣，綠葉是單一的油綠，紅花是單一的洋紅，溪水是單一的湛藍，但我們放眼大自然，色彩層次無所不在，

尤其會隨著光線明暗而變換。

當然，也可以用枯山水，只要挑些枝枒即可，唯要插出侘寂意境，花材不宜多，得布出寂寥的韻致；日本俳諧解釋「侘」爲：「梅的侘、櫻的興，應時節而生，隨時節不同，在詩詞文章中更令人驚艷。」也說：「得吟詠過所有的春花紅葉，才會選擇寂的茅屋。」侘寂，善於收斂者，在瓶花裡也能演繹出遠離塵囂的幽居況味，只是這種瓶花必須展演於四周空曠之處，於今日都會之平凡人家，房窄屋狹，只怕難覓淨空之處，可任其閒居。

所有花市的植物都能成爲瓶花的作畫素材，我們站在花市極目望去，難免如同畫畫人手中的顏料，什麼色彩都想要，顏料總是缺一色；但只要先妥構圖，在心中打好底，有所取捨，知所剪裁，就不至於迷失在顏色陣中，無法自拔。

縱使是投入式的瓶花，也得試想他們在山野間生長的模樣，讓花在瓶裡籃裡卽便寶特瓶裡都呈現悠遊自在的狀態。

說來抽象，你跟我逛一趟花市就知道，我總是如此告訴花市迷航者。

誰說插花非要有流派？

給學員的原則是想像森林裡的植物色彩深淺分布、遠近、向光面、背光面，既要有重心，也要和諧，重心搶眼，和諧愉悅，使人願意用目光愛撫他們。

✽

一瓶花能使滿室又馨香又悠然又溫茂。

我愛插花，不拘泥花材，常撿拾巷弄角落間的野花，和花市買的切花共冶一瓶。

母親是學過日本的流派插花，池坊流、草月流、小原流等流派自幼耳熟能詳。天生個性不羈的我，認為插花像任何一種藝術形式，可自由運用各種媒材創作，未曾學任何流派，更像青春期反叛威權地抗拒各種流派，但若有人要從流派學藝，亦樂見其成。

插花是一種人類揣摩自然界美的樣態，如果懂得欣賞，凋零也在美的範疇內，我不愛拗折葉子枝條，對枝態優雅的枯枝褐葉乾果照常惜命命，捨不得丟棄，偶爾還把已乾燥的花材，混搭在新鮮切花裡。

當全世界超過半數人口居住在都市地區後，人類生活已無法避免處在幾乎都是人造的範圍，即便是種滿植物的公眾領域：公園、行道樹、安全島、社區庭園，乃至於私空間的庭院、花園、陽台、瓶花、桌上盆景等有幾許綠意處，無一不是擬態自然的產物。人們從自然出走，於可控制的範圍內，又渴求與自然的連結，盆栽盆景之外，小尺度生命最短暫的擬態自然莫過於瓶花。

被列入「生活四藝」之一的插花，於明代《瓶史》一書，被作者袁宏道視為不沾染聲色的「幽人韻士」，方能寄情山水花竹；而普世之人則鎮日浸淫於喧囂塵世以及財利闤集之地，心神囿於種種算計，即使想親近山水花竹，也力有未逮。隱士和雅士就算有意將山水花竹拱手讓給勞碌奔波者，未必有人願意

收受，大可安之若素流連其中，並不至於受人妒忌，惹禍上身。

日本一代茶聖千利休的際遇儼然大相逕庭。寡言淡泊的利休既精通茶道也深諳花道，所創作作品流溢出無爲境界，環室只插一枝槿花，創造了只有兩疊榻榻米空間的茶室，必須躬身跪姿入內……種種低調極限的縮小力學與美學，激惱了浸泡在權位名利場中、性好張揚，還打造了專屬金茶杯的豐臣秀吉，眼見千利休在美學領域的「我說了算」，妒火延燒。

握有權力的政治界代表選手秀吉惱羞成怒，被藝術界的代表選手千利休給徹底無形羞辱。利休愈坦然，秀吉愈是氣急敗壞，終於賜給利休切腹自殺的「恩惠」。

似乎，藝術代表終敗給政治代表。

若照千利休所言，藝術是永不朽壞不寂滅的。當秀吉下令利休閉門思過十五天，利休卻在這期間到被賜死之前一刻想出更挑戰自己往昔的美學創舉，與徒弟喜作討論內置茶釜於狹窄的橢圓形榻榻米茶室，顚覆正圓空間只有一個圓心一個焦點，他和喜作以棍棒和繩索掂量位置，找出兩個平衡焦點，美學上成立了，也成爲他來不及親手完成的遺作，在日本前衛藝術家赤瀨川原平的《千

利休 無言的前衛》記載這段角力的過程。

據說史書記載，天正十九年（一五九一年）二月廿八日利休切腹當天，滂沱大雨夾帶冰雹，同悲一位美學大師的辭身。七年後，豐臣秀吉自知死期將近，在醍醐寺辦賞花大會時，語帶後悔地說，要是利休還活著就好了。

藝術當然無須與政治爭輸贏。我喜讀各家寫千利休的故事，他之後，日本有各種流派的花道，追求極致之後，尊重自由的我常認爲遠不如華夏歷代的文人插花。自己甚少瀏覽現代的花藝界作品，反而不時津津有味地翻閱古人因應歲時的清供圖，覺得他們在瓶器運用與高低位置、前後關係的呼應，像是美學的家家酒。

最早一幅瓶花圖爲宋徽宗時期宮廷畫師董祥所繪的「歲朝圖」，墨色已褪，三個瓶器靠在一起，高瓷瓶中投入松菊梅，前方銅爐則是靈芝倚石，兩朵菊花和柿子置於案上，甚是豐盛。

郎世寧以駿馬圖聞名，他畫的「花卉清供圖」、「午瑞圖」等，瓶器紋飾繁複精雕，本非我偏好的形式，齊集不可能的元素，如陶瓶、瓷瓶、銅瓶、藤籃、竹籃、高低不一的木雕花檯、石頭、水果、器物甚至動物經過等，都冶於一畫，反而有種奇妙自在的混搭風，花卉與瓶器互相輝映；比較當代流行極簡風，大多運用線條俐落簡潔的瓶器，主角則在於切花，也許對空間狹小的都市生活，器皿的簡化是不得不爾之事。

瓶花常伴隨著茶席，茶人說茶泡茶，席主人奉上茶湯，或單一盆植物或高高低低瓶花環繞。曾在春天忝爲茶席座上賓，茶主人藉昭和櫻爲主視覺，淺桃紅色陸蓮對角呼應，還有座多寶格裡的墨綠袖珍菖蒲，幽於一隅，居中的鐵線蕨與苔蘚，間或有樹蘭、石斛蘭加三兩枝草，如置身美學極致的園林間。

這種時光太奢侈，只能挪出一小角融入自己的生活裡。

相較於實用的柴米油鹽，插花對此間人來說，都是閒事；拜訪一般家庭，甚少見室內供有新鮮瓶花，自認講究者還以爲人造花卉已是很有感覺了。不論人造花卉再擬眞，花卉畢竟不是家具，是引動生息入內的要角，生息必有盛有衰，當風吹不動，海枯石爛它不枯不爛，嗅聞不到生命氣息，假作眞時也難終成眞。

因喜插花，也嘗閱讀古人插花的書籍，傾向不講究種種固定造形技法的文人花，注重志趣和心之所向，甚至客串教過幾回插花。給學員的原則是想像森林色彩深淺分布、不對稱的對稱、遠近、向光面、背光面，既要有重心，也要和諧，重心搶眼，和諧愉悅，使人願意用目光愛撫他們。

瓶器的選擇爲關鍵之一。準備各式瓶器：青瓷、繪桃米色瓷瓶、亮藍玻璃、竹藍、檳榔葉鞘等，同樣的花材投入不同瓶器間，「四時花紀，具堪入瓶，但以意巧取材，」我服膺必定要親自插花的明代高濂《瓶花三說》，瓶花不是工匠之事，完全是個人修養與審美的反照，插得自覺甚美，他人也覺得好看，生趣自然盎然。

有人問我是哪個流派的花藝？我總是回答：「那麼，請問第一個創立流派的，又是哪個流派？」

不拘流派，不分稗草野花，讓他們湧動一室，就是萬宗歸一的流派。

那些綠手指黨員們

看樹看得細細密密，植物永遠是我們的共同話題，種了哪些植物，收了哪些季節蔬果，去哪找哪種植物的種子：「每棵植物的細微之處都如此完美，我可以站在這看它們幾個小時。」

✽

後陽台上排排站著一罐罐玻璃瓶，各豎著一欉奄奄一息的蝴蝶蘭，那是爲植物傾心的吾友邱阿姨正在試著挽回生機的孤兒們。

不時扮演拯救棄兒植物的保姆，邱阿姨在植物間享受無法言傳的幸福感，成日耗在她繼承來的東部花園兼菜園裡，扛鋤頭執鏟子，印象中的她常穿著靴管在一團團潮濕的泥土間，舉鍬子混合落葉與爛泥，整地種植物的時間不僅止於「日出而作，日落而息」，往往蚊蟲襲來，不覺已入夜。

看樹看得細細密密，植物永遠是我們的共同話題，種了哪些植物，收了哪些季節蔬果，去哪找哪種植物的種子：「每棵植物的細微之處都如此完美，我可以站在這看它們幾個小時。」夜裡，小時候常被邱伯伯帶著用顯微鏡觀察植物的她，鉛筆素描手繪下種種植物姿態，畫了立時 Line 過來，順手寫道：「人類的才智，永遠想不出比大自然更美麗的創作。她的創作既無缺陷，亦不多餘。」

最常被當贈禮的各色各款蝴蝶蘭花，燦紫桃紅雪白芥末黃，台灣蘭花種植技術讓花無不開得喜福滿惠，凡婚喪喜慶或辦活動或慶開幕或慶升官，一盆盆精神飽滿地送來，愈多盆愈能彰顯主人金玉滿堂四處輻射的社會網絡。活動結束，花還盛開時，或有人願意扛回去；花一謝，若乏人關注葉片失水萎靡，頓時成爲爹娘不愛不疼又看了礙眼的棄兒。朋友間知道邱阿姨惜愛所有植物，養不成的、養不好的都往她這送。隔幾日，她傳蘭花照片：「這棵救活了，那棵沒救起。」她那模樣，讓人想起那些把受難者從火爐裡撈起，拍拍灰爲他們療傷那穿著澎澎裙的姆姆們。

「鄰居用魚肥施肥，認眞套袋，兩棵酪梨每年結實累累。因住台北，太忙，沒時間回來採收。呵呵！吃就變成我的事啦！這種合作模式我喜歡。」往東部的火車上，邱阿姨傳來訊息，人一到，動手剝開一顆顆酪梨，在滿懷信心的酪梨中讀到秋熟的訊息。

幾乎成了我接收四季植物報時者的邱阿姨，有一天寄了張貌似龍眼的果子，心底正納悶今年不是沒龍眼嗎？何況已十月？「秋天無患子落了一地。明天上課拿去給小孩們看。」「百香果結了，女兒用種子育的苗。」被她撩得滿心癢癢，問她究竟種了哪些樹？「族繁不及備載。茄苳、麵包樹、樟、九芎、毛柿、台灣櫸木、欒樹、青楓、苦楝、通天木、大葉欖仁、白花密飯樹、巴婁瑪、沙梨、羅望子。噯油，亂七八糟種，也不知有哪些。」我倆還計畫引假酸漿來種，好來包原住民的小米粽——阿拜解饞。

邱阿姨無疑是綠手指黨的一員，如遍布各地的共濟會成員，平素隱匿身分，唯有交換植物的話題，才知道誰是會員，他們相信植物是可以被感知和理解的，不吝於分享種子與枝條，壯大吾黨。

綠手指的心緒，不是植物愛好者難懂；他們有各式各樣的容顏與性格，或因大抵交談對象都是免算計心思的植物，剛毅木訥者不少；然講起植物，好似男子們聊當兵，眼眸晶晶晶地亮了，話匣子開了，急於分享所有琅琅上口的美事，植物甚至能叫他們喜極而泣。

前陣子，一年輕潔癖綠手指身體有恙，待在醫院檢查病因，心心念念的是他那一室大大小小的木本和多肉盆栽，返家見到結實纍纍的李氏櫻桃，幾近如與久違的兒女重逢般，藥能療身，心唯有植物能癒。他對自己最鍾愛的、顧盼最深情的小葉黃褥花，留下各種角度的影像，這些植物種滿他整個心思意念，當光透過葉子與紅果，紅果晶亮色澤更繽紛，在落地前的瞬間，色彩益發濃艷，襯著蓊鬱蒼翠的綠葉，生命與生機若英國詩人湯瑪斯・特拉奈寫的：

「空氣活潑美好，
啊！多麼神聖、柔軟、甜蜜又美妙。
星星娛樂我的感官，
上帝的每件作品都如此明亮潔晰，

看來如此豐盈偉哉，
彷彿全是我的關係，
因而恆久存在。」

忘了病情的殘酷，植物所帶來簡單的開懷、快樂在與每一株植物對話裡，「我在自然的坦率無私裡，找到我的慰藉。」梭羅寫出綠手指們終身不渝對植物的私慕愛戀，仿如動人之弦與詩篇之美，每棵植物都是他們為之癲狂所拿到的金星勳章，恨不得鋪排給綠手指黨員們共賞。那些四季微小變化、美得無以復加的植物生長消頹的樣貌是他們的通關密語，如戴森吸塵器般吸走心上所有的塵埃，讓心靈再度鮮活亮麗，這其中奧祕，只說給綠手指們懂。

彭鏡毅，不辭長路覓海棠

攀爬於蕨魚步道間，於山壁間見著張著粉色花朵的坪林秋海棠，微微晃晃的清柔氣質，粉嫩若十五、六歲的少女，第一次覺得原來秋海棠的花也可以如此動人，終於理解彭鏡毅博士何以一生不辭路遙覓秋海棠。

✽

穀雨之後，轉立夏，春華已開了告一段落，準備交棒，然有些花種不打算接棒，自顧自地從涼凍的春天一路挺進濕黏的初夏，秋海棠正是這種四季裡以爲他命已休，恍然間又復活的狠角色。當其他植物困頓於炎炎失水狀態而垂頭喪氣時，半日照的巷弄裡，秋海棠仍炯炯睥睨四周，鼓脹著粉紅荷包的小花還會不經意時攀出，藤黃色花柱尤其昂揚，他們不是不耐乾燥嗎？

我輩中人在還未識天地間的千萬種植物之前，必定聽過「秋海棠」一詞。

在那被灌輸國仇家恨意識的年代，課本裡寫著，「我們國家的地圖看起來就像一片秋海棠葉。」眼界略長後，如今想起來，忍不住莞爾，秋海棠乃係植物界第六大屬，根據窮盡己力研究秋海棠的專家彭鏡毅教授統計，全世界的原生秋海棠逾一千六百種，光是亞洲就有七百種秋海棠，全世界加上人工栽培的超過一萬種，葉子有圓有長有三角錐有鋸齒有雙裂……，光看外表的樣態完全超乎想像，甚至還有外往內卷成部分卷曲，讀到：「中國大陸的地圖像一片秋海棠葉」，心想這位「高人」大概只認識某一種秋海棠，或是他家庭院正好種一株秋海棠吧，以為這株就是世間僅此一種的秋海棠，將思鄉之情投射於植物上。

植物世界浩瀚若海，彭鏡毅教授畢一生之力行走天涯，每個角落的秋海棠若卿卿呼喚他前去發現，可惜彭老師六八壯年罹癌驟逝，空留秋海棠遺緒未完。曾經觀賞過紀念彭鏡禧老師學術生涯展，展出的台灣原生秋海棠被陳設在水氣繚繞，模擬潮濕的岩壁或林邊的洞中與溝壑間。據彭老師的觀察，秋海棠是「一山一種，一溝一種，一洞一種」，生長環境狹隘。自己能一眼認出的，大抵不脫生活範圍所能及的水鴨腳秋海棠與坪林秋海棠。

有一晚，突然想起以前的植物獵人到底如何收送所採集的植物。

大航海時代受船堅炮利的入侵，那是一段充滿煙霾戰火、白骨曝野的時代，每位博物學家跟隨征戰前進未開發之處，各個都具備繪畫能力的時代，除了工筆詳繪之外，亦擅長押標本，但不是每種植物都可以裝進標本夾裡，斗大的果實該如何處理？尤其偷盜了中國茶株，改變了中國茶獨霸世界的英國植物獵人福鈞，他是如何飄洋過海航行萬里保水保濕保活地運送這些茶株活體？而潛進充滿瘴癘之氣的熱帶雨林採集植物，豈不就是進入來自婆羅洲的馬華小說家張貴興所描寫的夾纏如藤如蛇、殘忍詭祕又綺麗的「黑暗之心」蠻荒之地？

植物學家既是博學家也是科學繪畫家，更是探險家，彭鏡毅老師為追尋秋海棠深潛菲律賓南部的民答那峨，遭守株待人的老虎螞蟥吸附，牠若無聲息的忍者，隱遁於潮濕的枯枝落葉間，在彭老師經過時，伺機用帶齒的顎往他的下腹部畫上一刀，瞬息間抹上麻醉劑以及擴張血管的類細胺化合物，暢飲了大量鮮血。當彭老師發現時，下腹部已一道偌長的血痕。而他也曾在馬來西亞遭蜂群攻擊，離死亡就幾步路；一度也在廣西跌落斷崖，肋骨受傷。

在山裡採擷日月精華浸潤的植物，幾乎就是《野豬渡河》的「對野地釋放每一根筋脈，讓自己的血肉流瀉天地」般，拿性命換取來以他的姓氏命名的「彭氏秋海棠」以及「彭氏擬烏歛莓」，這是對植物學家致上最高敬意的榮譽。

巴西的四季秋海棠，早在一九〇一年即被日本人田代安定引入台，因照顧輕省不費力，向來最受園藝商青睞，常見於各種以量取勝的花園造景。植株概分最高約五、六十公分的直立形以及十公分高的匍伏形，開花頻率絕對是名副其實的「四季」，動不動就紅或白或黃或粉紅或鮭紅色叢叢滿株，雄花雌花同株異花，四大片是雄花，雌花較小，若三片翻飛起的翅膀實爲雌花，花初開還未完全伸展形若一個蜆殼，或許就是蜆肉秋海棠的別名典故；葉面光滑像潑了一層油蠟，則另有蠟葉秋海棠之稱。

具無用之用的觀賞性質之餘，四季秋海棠從草莖以迄花全株可入藥，清毒解熱、消除瘀腫，味苦而性涼，想來必也難以下嚥。

自幼慣見四季秋海棠花開，並不特別喜歡這種花形，日後見著琳瑯多樣、兩邊不對稱的葉形與葉態，覺得更勝花好幾籌，如常見於盆栽的大紅秋海棠，

鋸齒尾端尖尖；葉片正面濃綠，背面則爲墨紅色；印度原生的蝦蟆秋海棠，被形容爲「象耳」的葉片層次更是從中心的勃艮地紅、灰玫紅往外擴展爲淺灰，還有竹節秋海棠的水玉點點紋……，賞得暗自讚嘆造物者任意揮灑的功力，秋海棠果然是千變萬化，以往視他爲單調植物，自己根本就是夜郎。

數年前，因工作探訪坪林，當地有位茶行老闆對坪林的山林生態瞭若指掌，也信手於茶行外種些蕨類，他指著其中一盆道：「這是台灣特有種的坪林秋海棠。」全株毛茸茸，絲綢般的翠綠葉面光澤閃閃，正是彭鏡毅教授於坪林區海拔二百一十至三百二十公尺處發現。是日，攀爬於蕨魚步道間，於山壁間見著張著粉色花朵的坪林秋海棠，微微晃晃的清柔氣質，粉嫩若十五、六歲的少女，第一次覺得原來秋海棠的花也可以如此動人，終於理解彭鏡毅博士何以一生不辭路遙覓秋海棠。

他早早撒手人寰，講到秋海棠，彭鏡毅三個字已具備碑銘意義，而他畢生研究的秋海棠株分兩路，由林試所與台大實驗林和屏東保種中心分頭照顧，較遺憾的是難再有他的學術著作留予後世。他一生致力栽培研究的秋海棠分屬兩個屬，除了 Hillebrandia 屬的一種之外，全都是 Begonia 秋海棠屬。

無緣相識彭鏡毅老師，服務於中研院的吾友與彭老師交情甚篤，他帶著我在水氣濕潤的展場，我揣摩著彭老師游刃恢恢穿梭於雨林山壑間，發現新種秋海棠的狂喜模樣，決定要好好認識屬於台灣的十四種原生秋海棠。吾友向彭太太表達有位仰慕卻來不及認識彭老師的業餘植物控，竟獲贈了三張台灣原生秋海棠海報。

心血來潮時，湊近海報，想像在濕溽的山壑間聆聽草木蟲獸的聲音，試著畫出自己種的幾株外來種秋海棠葉子的「類博古圖」，心底暗暗揣想若能追隨植物學家的腳步，在闃靜無人聲只有萬物互相呼應的山林裡，南北摸索認識這十四種台灣以及蘭嶼的原生種秋海棠，無異於以腳親炙這塊土地的許許多多角落了。

董小蕙，逝去的老院子

庭院裡二十四小時的光影行走似日晷器，映照了陽光與月陰分分秒秒的位移交班，雨天亦有其楚楚之姿，敏銳於環境變化的人們似可自光影移動間，於枝幹花葉裡聽聞到停留的斑鳩、麻雀與植物間的低喃，對董小蕙這樣科班出身且受過哲學訓練的藝術創作者，想必是一安踏身心靈的角隅，宛如遠古時代地中心的礦石和天空中的星辰，在照料人的命運。

✽

「當我最快樂時，總有根刺在每個享樂裡，我發現沒有一朵玫瑰沒有刺。在我心底有一處隱隱作痛的空虛，我相信世界永遠無法填滿它。」讀到美國詩人艾蜜莉・狄金生書信裡這段談對永恆的猶疑，讓我聯想起畫家董小蕙的「老院子」系列。

即使觀賞董小蕙的畫作已過了數年，一幅幅畫仍不時於眼前放映，或許是她的老院子抓住人與自然的共鳴，或是呈現出某一個世代已逝的童年記憶，看過後再也忘不了。而董小蕙本人因爲失去老院子的慟，獲得畫風的蛻變與昇華；畫出獨到的永恆作品，代價是一個喚不回的時代產物。

曾經，高樓大廈還未現身於首善之都，擁有庭院的家戶隨處可見。民宅小院裡多半畫分成水泥地和泥土地，水泥地供人行走，泥土地供植物安身，以石塊或斜插的紅磚塊爲成排界碑，也總有一方紅磚砌起的花台，讓庭院看似毫無規畫，依然有高低差的變化。所種植的植物敘述了各個時代的流行軌跡，家家幾乎可見探出頭的石榴，扮演矮樹籬角色的七里香與杜鵑花，清芬旎醃的梔子花與馬茶花、曇花、緬梔，攀緣於牆邊的電信蘭，種了又怨的芭蕉樹，果實硬梆梆的芭樂樹，吃完果肉順手把籽往院子裡倒而長出的木瓜樹，做爲水泥地與泥土地分隔島作用的韭蘭，間或有孤挺花、蝴蝶蘭、春秋石斛蘭、鳶尾花等盆栽散落各角落，還有自己飄來與鳥兒捎來的藤蔓忽悠間拔起，錯落於二十世紀八〇年代之前的台北庭院裡，按四時流轉，惦惦地開惦惦地美。

庭院裡二十四小時的光影行走似日晷器，映照了陽光與月陰分分秒秒的位移交班，雨天亦有其楚楚之姿，敏銳於環境變化的人們似可自光影移動間，於枝幹花葉裡聽聞到停留的斑鳩、麻雀與植物間的低喃，對董小蕙這樣科班出身且受過哲學訓練的藝術創作者，想必是一安踏身心靈的角隅，宛如遠古時代地中心的礦石和天空中的星辰，在照料人的命運（作者註：典出俄羅斯作家尼古拉．列斯科夫）。

藝術創作，常是不可得或失去之後的救贖；而所謂社會文明進步的腳步則宣告了人與自然共鳴時代的結束。董小蕙從未料過這腳步竟有一天會急急如令逼到自己身上，使她幡然醒悟於模擬印象畫派的色彩光線構圖之中，更刺激她從累積滿身的功夫裡，創發出屬於她的獨門絕活。

這座老院子，從董小蕙婚後理所當然地生活其中，院子經年累月幻化出韶光悠然的刻痕，樹蔭下參差著各種姿態老練優雅的植物，悄然往上攀升或往左右拓展，看似沒有法，卻逐漸於和風煦日逆雨中形塑出璞玉般的溫潤韻緻，董小蕙與夫家的生活全然融入這座老宅老院子中，那是白先勇小說《台北人》的時代場景。

在人口密集、土地比黃金貴的都會擁有一方庭院，於加速的時代腳步裡，顯得如此悠緩到不合時宜，董小蕙心知早晚都要失去的，卻未料如此粗暴毫無緩頰餘地傳來一紙回收令，一家人遂陷入愁雲慘霧中。透過各種自力救濟的管道，挽回無望後，董小蕙彷彿對這座老院子許了個承諾，她此後的畫讓這個承諾存活下來，還持續發亮，而塑造承諾的那天卻已崩壞。

自小練就的深厚素描底子與學院裡的東西藝術技能，彷彿《神鵰俠侶》中的郭襄因戀慕楊過不成，豁然創立了峨嵋派，董小蕙一夕間醞釀出自己的畫風，拋卻純熟技巧，一股說不出來的力量帶著她，以彷若孩童反璞歸眞的二維平面構圖，甚至抽象的符號化，開始盡情揮灑老院子裡的每個角落、每棵植物、每盆盆栽於畫布畫紙上。

接受命運的董小蕙安靜下來，把卽將失去老院子那隱隱作痛的心底一塊空虛，借沉穩深厚的色彩，畫中的綠中無不帶墨色，每個呈現出來的色彩無不經過重重疊疊地調色，深重的明暗對比，取代了她停留德國期間所發展的高明度印象派用色，回歸到東方那種既含蓄又呼之欲出的詮釋。

從多年前在史博館觀賞董小蕙的畫作迄今，仍不時回頭去看當時拍下的照片，次次細賞，都會再發掘她畫作的細部微妙之處，不同層次的渲染穿透每張畫的背景，說是二維卻再立體不過。而她對光影的精準掌握，以全白爲亮部，對應出拓灑開來的各種暗影浮動底紋，看似抽象，實際上是觀察再觀察，完全掌握了每種植物的具體特性，金線蓮圓葉的輻射葉脈、細長橢圓的石榴葉、主脈分明的梔子花、橢圓形葉主脈鮮明且富皮革質感到葉梢收尖的茶花、葉子硬質厚實的洋蘭、葉細長垂墜的國蘭；院落裡接近地面部分，有深致的斑紋，或許是水龍頭或雨水日積月累噴灑沖刷，泥土噴迸的累痕；花盆裡還有酢漿草、小葉冷水麻、蕨類等。

《不捨晝夜》六連屏，曾叫我佇足不捨離去，張張都獨立但張張都有關聯，背景由淺淺竹青色底大塊面渲染開，從晨光暄照下的木瓜樹、芭蕉、波士頓蕨到第二屏的芭蕉、波士頓蕨、椅凳到淡色的山蘇，前後呼應出遠近；第三屏半葉芭蕉自右方探頭，下方挨著半株山蘇，蔓綠絨、粉色茶花在前，一盆小蔓綠絨與蜘蛛文殊蘭在後，更後方還有小蔓籐繞著木瓜樹幹；光影漸沉，左側刷上石青色與靛藍色底，已是日夜交界時分，到第五屏靛藍色月光灑落之處，一盆

芭蕉、一株枇杷樹以及斑鳩爍爍發光其間。

這是她於一場病後日以繼夜的賣力之作，與《麗日微風》四連屏更撐起董小蕙氣韻悠長、底蘊渾厚的大家氣場。

彼時，董小蕙這檔《老院子・韶光・年華》是史博館整修前的最後第二檔展覽，推開了中老年觀衆沉封的記憶，畫作如此靜謐凝神，又彷若昔時韶光躍動在眼前，看他們指指點點，聽彼此呼喚談論著自身過往的生活場景，當下的他們正置身於自家那逝去的老院子裡，吟念著無法重來的歲月；年輕觀衆則被那一張張說不出秀麗還透露出剛毅氣質的花草樹木，引得停下腳步。

大疫年間，人人被禁錮的時刻，常想藝術滌療人心的作用。當董小蕙失卻老院子那一刻起，她沉著迎向變局，將心中的幸福圖像凝聚在每一筆每一畫裡，是一種驀然回首幸福就在心底的沉澱。大自然力量鼓舞著她，也鼓舞著觀者，已消逝的或許不免傷懷，透過畫裡陳述著沉穩卻青春的正面氣息，與大自然之間的殷殷唱和，或民謠小調或交響樂，凡看一次就能釋出負面能量，讓人霍然明瞭，我們心中大可擁有一座屬於自己不假外求的烏托邦。

每個人都是滄海一粟，但藝術卻書寫了永恆，千古不墜。也許這正是藝術看似輕如鴻毛，卻重於泰山的能耐，慰藉了我們在冷酷文明社會所受的傷痛。

三一災後重建的勝利之花，龍膽

神聖的靛藍色花色，頗為九月及十月新娘愛戴，於乍涼還暖的初秋裡，那盎然詩意的抹抹深藍，花苞由外而內緊緊卷束，打開若一只小號角，仿若向世間吹奏著新人的盟約。

✽

梭巡內湖花市，不愛人造紫色的自己常被藍色紫色系花博取了眼球，未必會買，眼角餘光總會多飄幾秒。十月，有著神祕若藍絲絨氣質的靛藍龍膽花上市，荷蘭進口，一問價格，理性卽刻凌駕感性作罷。

唯有三次，咬牙買一把，其一是斜槓花藝師教插花，覺得該給學生這地球最古老、有「植物活化石」之稱的特殊花材，不惜工本；其餘兩回則聽聞是日本岩手縣進口的龍膽花，心一軟，沒多問價格就入手。

龍膽花、洋桔梗、向日葵於日本三一一震災後有著獨特意義，向日葵不得我心，最中意的龍膽價最昂，卻能使自己的理智線暫時斷鏈。

二〇二一年東京奧運所採用的各種產品都標誌著三一一地震的在地產業振興，日本舉國以世界級活動帶動災後重建的力道，在在展現於競技場上，包括獻給得獎選手的兩款勝利花束，來自宮城的向日葵、福島的洋桔梗、福島玉竹、岩手的龍膽花以及東京的一葉蘭，小小的花束簡潔俐落，各有其背後深沉象徵。

向日葵，爲宮城縣大川小學罹難學童們的母親爲了繫念震災早逝的孩子們，以母愛親手栽種的，綻放向陽的向日葵如同孩子們的笑顏，撫慰了父母思兒之心。

不得不說這個秉性龜毛的國家不放過任何一個小角落的細膩，連那麼一束小小花束，都蘊藏了故事；日後提起二〇二一（二〇二〇）東奧，每個領域的人都可從個人關注的視角檢視。

同爲重災區的岩手縣本來就是龍膽花質量俱佳的產地，日本市場占有率超過百分之三十五，產量居首。其中，A Shin-Iwate 尤爲頂級產區，現雖合併成了八幡平市，但擁有原始品種的 Ashiro Rindo 品牌依然是頂級中的頂級，爲其他產區無法望其項背的，更是一個全球知名的花卉品牌，不僅紅遍日本，也席卷了海外市場，讓龍膽傲驕於國際花卉市場。

詞源稱「龍膽」，呈紅褐色，味苦，自古爲健胃藥。據說龍膽比熊膽更苦，是比熊更上等的動物，此花藉中國的「龍」而得名。

台灣高山也見龍膽花，阿里山龍膽藍紫色，玉山龍膽的黃花瓣上還撒了點點芝麻；龍膽花都有副花冠，花瓣前端裂，每瓣旁挨著小裂，一長一短輪走組成一朵十瓣的喇叭狀花朵，綻放於山間，從嶙峋峭壁石縫中迸出，龍膽花瑰麗若綢緞，登山客無法忽略他的姿顏。記得觀賞過「不朽的青春」畫展，其中，日治時期甚好旅行的日籍畫家丸山晚霞常以高山植物入畫，筆觸簡率，他的一幅長軸彩墨作品「臺灣高山花卉圖」，近巒前方即見靛藍色的阿里山龍膽。

山林間自然生長的龍膽花，一九五〇年代後半期引入岩手縣栽培。一九六〇年代以足代町（現八幡平市）爲中心更有系統地培植。自古以來，龍膽就甚受日本人青睞，層層卷曲的含蓄花苞，援引爲敬拜祖先和理佛的聖品，更是廣受歡迎的秋日花道花藝材料，可說是扶桑國的秋花代表。近年來，送禮乃至於結婚場域，神聖的靛藍色花色雀躍於花束間，頗為九月及十月新娘愛戴。

於乍涼還暖的初秋裡，那盎然詩意的抹抹深藍，花苞由外而內緊緊卷束，打開若一只小號角，彷若向世間吹奏著新人的盟約。

震災受損慘重，岩手花農們在瘡痍滿目中，重整家園，拾起農業技藝；過去每年從七月開始一直到十一月上旬，陸續培育出白色、粉紅色、桃紅色和粉彩等色不同品種與顏色的龍膽花上市，成為最關鍵的重建力量，他們更積極朝花束和場地布置等範圍開拓市場。同時，為了方便運送，當地花農還矮化品種，較易於運送出口。

常見有蝦夷龍膽系，以及因足代當地日夜溫差大，培育出花色艷麗的優質足代龍膽，採適合產地氣候的原始品種栽培，分銷國內外。通過植株間的交互配種孕生新品種，花冠尖端或以管狀開花，或呈旋轉狀向外綻放。因花的譜系、品種和開花時間各異，花朵綻放狀態亦不同，俱富特色與姿態；在大疫年間的東奧亮相，不僅展現了若流光燦霞的藍寶石風采，能度過一個個寒冬的龍膽，更象徵了日本三一一災後互相扶持的信心與重建精神。

來自福島的希望之花，洋桔梗

也許，人生有很多事比花重要，三一一震災後的福島花農，開始種植洋桔梗卻是全部的希望所託。

✽

幫一位做設計的朋友訂了瑞典鍋，遲遲沒空拿，每次想說趁出門順路給她送去，老是碰到她要出遠門關照她的設計案。望著那只孤伶伶的鑄鐵鍋，還是想說拿給她吧，她的答覆竟然是：「人生有很多事情比鍋子重要。」我回她：「對做鍋子的人來說，鍋子就是最重要的事。」

這件小事讓我想起「花」，太多人的生活裡連想都沒想到花，更何況插花？「植物」根本非生活必需品，自己曾跟待過法國多年老友去過南法，我們聊起：「土魯斯的花店竟然看到黑繡球花！他們的花店眞不少。」她說：「花，可是老法的生活必需品喔。」

一轉念，讓自己在夜半已沒力工作時，重新看起山田洋次導的《東京小屋的回憶》，導演功力無庸置疑，再複習的理由只是想觀察其中細節——小屋內玄關的瓶花。

電影敍述戰前情節時，鏡頭掃到的花器與植物朝朝有別；日本偷襲珍珠港陷入太平洋戰爭後，只餘空瓶器，偶爾瓶中有花可能是這戶主人——平井家的庭園花妍綻放，家裡女傭多喜巧手剪下來插的，爲物資匱乏僅靠配給的戰時生活增添一絲顏色。電影裡從年邁的多喜視角回憶起這幢紅瓦小屋的故事——靚容的女主人飛蛾撲火的婚外戀；即使多喜晚年孤身一人居住在山形鄉間，窳陋住宅裡的矮几上仍有一瓶花。這部電影精心經營每個細節，服裝景緻器物乃至於瓶花的考究，一瓶花的有無卽敍說了時局變化。

也許，人生有很多事比花重要，三一一震災後的福島花農，開始種植洋桔梗卻是全部的希望所託。東奧的勝利之花其中春辰色帶褶的洋桔梗卽產於福島。歷經上千人喪命的海嘯之後，核災籠罩的整個福島，多數居民被迫撤離，在這樣的地區著手種花，委實不可思議。

福島洋桔梗，係由一個非營利組織 Jin 開始在當地試著推廣培育，藉此希望能重啓當地經濟，振興地方復甦。

轉種花卉的理由，對福島從事農業生產人員而言，可說是一個實際的選擇。根據《共同通訊社》報導，核災後，當地所產的蔬菜一經檢驗，輻射含量過高，不宜食用。相對地，花卉的標準要求則不同，「我希望有機會能藉由花卉，向世界展現福島已經重建復甦了。」於核災解封後的禁區種植花卉的川村博向共同通訊社記者透露。

四周被海洋、山川、森林、溪流環繞的浪江町，坐擁豐饒自然資源，位於福島縣濱通市北部，也是東日本大地震和東京電力福島第一核電站，當疏散令一頒布，全鎮零居民持續長達六年。

二〇一七年三月，部分地區解除疏散令，居民返鄉重拾往昔生活步調。特別是浪江町，在農業從業人員的努力下，洋桔梗品質甚獲佳評，吸引了全日本各地關注。

「Flower Town, Namie」成就了當地花農與農產行銷人員的洋桔梗品牌願景，年出貨量高達一億日圓。不僅種花，當地農企經營者，加上當地婦女齊手醃漬蘿蔔，同時也提供長者的日間照顧服務，地方政府還假川村農場附近一座校舍重新開設一所幼兒園、一所小學和一所初中。

三一一震災前，浪江町靠種植蔬菜、養雞、養羊、養兔等一級農業，奉養老人和身障人士。二〇一三年四月，地震發生兩年後，當地人再次意識到，「讓浪江町保持美麗景觀的是農業。」從農業振興小鎮，青壯年開始在停水停電的浪江町挖井，於南相馬市開設農場，照常兼任老人日照中心的角色，並爲身障人士提供工作機會；從未有過花卉種植經驗的城鎮居民，則自二〇一五年起，赤手空拳從零開始向福島縣農業研究中心和雙葉農業推廣中心學習花卉栽培，也透由拜訪長野縣的花農們學習洋桔梗植栽技術。

花愈大朵愈華麗，愈能投人們所好，市場價格水漲船高。一般大花品種的洋桔梗花植徑約八公分，浪江町要求鮮花的大小規格有所突破，當地已種出創紀錄的十六公分，大幅提升當地洋桔梗的附加價值。

值得一書的是，這份栽培洋桔梗的工作不需要體力活，卽使是老人家也能兼作副業；當地人甚至冀盼能夠成爲「養育下一代和扶持單親家庭的職業選擇之一」。儘管受到極端天氣的影響，產量不穩，但從業人員仍能在整理運送花束的同時，按照自己的工作節奏聆賞音樂，想來也是覺得桔梗花也喜歡音樂，或盈或涸，或盛或凋，都與當地人命運共同體。

日本跟台灣的洋桔梗生產時間恰好彼此互補。日本產期主要在五到十一月，台灣則是終年可收成，從十一月到隔年三月正好可補日本的產量空窗期，台灣的洋桔梗已經是繼蝴蝶蘭、多花菊之後，外銷第三名的花卉。

洋桔梗並非桔梗科植物，屬於龍膽科洋桔梗屬，也叫土耳其桔梗、德州藍鈴花等，原產地並非土耳其，台灣的洋桔梗大多引種自日本，還有個台味十足的俗名，叫「媽祖花」，來由是每年三月嘉義新港媽祖誕辰時，正値洋桔梗開得花浪一波波，盛迎各地進香客，旣是當地特色更替農民年年賺了盆滿鉢滿的外匯，曾拍過新港溫室洋桔梗的我家室友，說起此花猶記得形色紛繁幻變。

插花經年，以往台灣最常見的爲單瓣紫色洋桔梗，育種高手從單瓣著手嫁接、盆植，品種數多到嘆爲觀止，所命的品名之巧妙讓人眼花繚亂。洋桔梗重

瓣花姿直追玫瑰，色彩尤其變化多端，洋紅、粉紅、深紫、薰衣草紫、白、鵝黃、蔥綠、馬卡龍以及雙色，甚至近乎黑色的夏朵內紅，枝枒挺拔，皺褶的花瓣薄若蟬翼，只要勤於換水，切花可撐好幾天，唯得遠離會分泌乙烯的水果，如蘋果、香蕉、奇異果、木瓜、酪梨、釋迦、芒果等，以免提早垂頭喪氣。

在地震發生時，福島浪江町的耕地面積約爲三千一百公頃；整個城鎮居民疏散後，耕地面積曾一度掛零，二〇二一年已恢復耕作一百三十四公頃。災前的當地人口爲兩萬一千五百人，儘管避難令已於二〇一七年春季解除，仍有許多人不願返鄉面對傷痛。但大自然的復甦力量仍是充滿盼望和燦麗的，世間憂喜歸人類，花草依舊枝葉繁茂地迎風搖擺。

當東京奧運會選定以日本大地震受災地區生產的鮮花綁成一束束「勝利之花」，震後藉種植花卉重振的浪江町農夫摩拳擦掌期盼運動員們捧著自己種的鮮花，昭告世人他們已再造破碎的家園。也許切花和園藝的花卉都不可避免留著人類斧鑿的痕跡，但災後劫餘的倖存者仍得懷抱希望存活於天地間，而洋桔梗的花語之一正是「希望」。

對當地居民來說，還有什麼事比花更重要？

種植在難民營裡的盼望

物與人的地老天荒可能會受限於現實環境的丕變，被迫告別；但只要有機會，生根於記憶裡的植物就會自腦中萌發，直到人們把他們種下發芽冒出枝葉開出花朵為止。無論你是否留意到在角落悄悄長著開著的他們，因著這些植物讓我們活得更像人，更有家的歸屬。

✽

照片裡，老婦人手捧著一束黃花踏上交戰雙方所闢的「人道走廊」；一個八、九歲大的孩子邊哭邊踽踽行於被炸過的焦土上……戰亂頻仍的世界裡，難民流離失所，逃離被蹂躪到已面目全非的家鄉，前進陌生地土，如家人般之貓狗等動物儘量被帶著走，但無法移動的植物是否就是喪家之栽，不得不被棄置留守，自生自滅？

當大難來時非得要分道揚鑣，喜歡拈花惹草的人們曾心心念念的植物，與人的關係到底意義爲何？不時思索這個問題，無意間看到荷蘭攝影師亨克·維爾德舒克的一本攝影集《扎根》，在他平凡無奇的攝影語彙中，影像卻不悶人，甚且有種奇妙的引力牽絆著我柔馴地一頁頁往下看，反覆凝視。

亨克·維爾德舒克把鏡頭對準突尼斯舒沙難民營，那一戶戶帳篷住的或許是摔破了華麗的下墜貴族，或許是喪失了安穩的奔竄平民。不管住的是哪種人，過些時日，坐落在沙漠酷熱氣候下的帳篷早就不像聯合國發放的標準化帳篷，被難民們各自個性化，入口處多了個人化的遮陽棚或其他織品；其中多座帳篷外被圈起，以形形色色的器皿：寶特瓶、汽油桶、鐵質食油桶、塑膠格籃、塑膠臉盆、保麗龍箱、馬口鐵牛奶罐等充當盆器，栽種各種植物；甚至切割了半個寶特瓶或藉著水泥袋，內裝滿土與一株株草花，圈起來成爲一不成圍籬的圍籬；自行打樁的木柱上也採用尼龍繩繫著一盆植物，拼湊出一種在僅有的立錐之地的特異圖像，有股無法言喻的力量。

我看到這些影像的驚訝應該正是攝影師當時的驚訝。這些難民在營區裡盡其可能地裝置出屬於自己範圍的小花園，雖難掩困窘，也難掩生命力。帶著維爾德舒克參觀營地的公關人員卻從未留意到這些充滿個性的表達，「他似乎專注於難民營受害的居民，完全沒注意到他們對這種恥辱的抵抗跡象。」攝影師當下的推論認爲可能難民們意識到得要長期留在營地，著手裝置自己的居住空間，與單調的官方環境區隔開。

湊近照片看難民們所種的植物，胭脂色與牡丹紅的玫瑰、天竺葵、太陽花、長春花、虎尾蘭、向日葵、橄欖樹、從帳篷邊竄出的蕨類，以及許許多多踉踉蹌蹌一樹花⋯我眨眨眼睛，想讓自己能更敏銳辨出其中的植物，竟認不出來，很能體會愛植物，而人到異國卻窘於說不出確切植物名的木心所寫的：「我們人眞是很絮煩的，對於喜歡的和不喜歡的，都想得有個名稱，面臨知其名稱的事物，是舒泰的，不計較的，如果看著聽著，不知其名稱，便有一種淡淡的窘，漠漠的歉意，幽幽的尷尬相⋯⋯。」同樣的植物在異國異域，常囁囁嚅嚅地不敢貿然相認。

戰爭讓人與人之間困窘不再歉意不再尷尬不再，赤裸裸地把人逐出他們熟悉的居住地，於人性黑暗面中迷航。顚沛久了，再不濟，稍獲喘息的人們終究要過日子的，好整以暇把自己打理妥切，卽使沒有馣馣馤馤的花香襲來，藉著花色和一眠大一分的綠意，也是一種在飽受壓制後，企圖保持人類尊嚴的一種方式一種迷戀吧。二〇〇五年，維爾德舒克前往巴基斯坦北部大震災後的難民營工作，於營區裡注意到新栽種新整理的微型花園，他發現在那無比混亂的狀況下，這些平淡無奇的植物，甚至一點從野地奮力竄出的綠意，既出乎意料之外，又莫名感動。一落落小花園改變了他對難民的定義，開始將這些居民們視爲有韌性的「倖存者」，而非「受害者」，促使攝影師帶著此一觀點，更深入研究被稱爲「加萊叢林」——法國加萊附近的難民與非法移民營地問題。

二〇一一年，維爾德舒克赴突尼斯的舒沙蘇丹難民營區，眼見居民們於附近村莊買了種苗，種在營區的沙漠裡，更援引一種巧妙的灌溉系統——將寶特瓶裝滿沙土與水的混合物，倒插在土壤中，使水分能漸次地流入植物的根系，俾使能在炎熱沙漠中成長。居民們向攝影師透露，這是他們從蘇丹家鄉帶來的滴灌技術，顯見植物既點亮了缺乏盼望的生活，更延伸了故鄉。

我同意維爾德舒克的觀點，人們也不該一直以受害者對待這些欲重整自己與家園的居民，沒有人喜歡動亂，除了少數我們難以揣摩其心的獨夫；經過無法想像的顚簸暴亂之後，渴望「平靜日常」是生爲人的前提。

人們避戰亂被迫移民，其堅韌心性通常會體現在他們於臨時的居所，即使是難民營，也要營造一種家庭化、常民生活以及文化認同的氛圍之中。在這些客居的環境裡，養動物或許很難被許可，不會移動常被人們忽略的植物則成爲醞釀家庭與聚落氛圍的關鍵媒介。透過個人化創造的小花園，才能有扎根當地的感覺。那些植物或許能呼喚出倖存者貯存在感官訊息中，曾有過的家鄉氣息，曾有過的芳馥四季，即使在他鄉，仍要把那些魂縈夢牽的記憶盡可能復刻出來，因爲那可能是相信太陽明天會上升、雨水有天會落下來，生活不會永遠那麼糟的希望釀造者。

台灣發生過九二一大地震與莫拉克風災，迄今還記得日光小林的農夫在門前種下植物時，幽幽地說：「以前有塊地種東西，現在什麼都沒有了。」我觀察這些受災戶被安措一段時間後，或入住臨時組合屋或永久屋，他們總是挨著自家戶外開始種植往昔慣種的植栽，望著熟悉的植物一點點長大，心中似乎有一種找回家的篤實感。

這本《扎根》攝影集讓我再度相信，植物未必需要人類，但人類絕對離不開植物。植物與人的地老天荒可能會受限於現實環境的不變，被迫告別；但只要有機會，生根於記憶裡的植物就會自腦中萌發，直到人們把他們種下發芽冒出枝葉開出花朵爲止。無論你是否留意到在角落悄悄長著開著的他們，因著這些植物讓我們活得更像人，更有家的歸屬。一旦有一天地球寸草不生時，人類與動物必定無法獨活於世間。

於此時，深深期盼有一天，所有的倖存者能踏上歸途，重返故里，在心目中無法被取代的清甜空氣中，坐擁一片或一方綠意。

（後記：這篇文章寫完後，我寄了一封信給維爾德舒克，希望他同意我用這些攝影作品。立刻回信的他不僅同意照片的使用，寫道：「我很高興看到你欣賞我爲難民營花園所做的工作。照顧植物和園藝是世界各地很多人藉以緩解壓力的方式。與難民談論園藝，而不是創傷和戰爭的熱情，是一種特殊的經驗。植物在我們不同的現實之間搭起了一座橋樑。」）

Spray rose, Beqaa valley, Libanon 2018 ©henk wildschut

國家圖書館出版品預行編目 (CIP) 資料

不知道的都叫樹 / 古碧玲作 . -- 初版 . --
臺北市 : 大塊文化出版股份有限公司 , 2022.06
面 ; 公分 . -- (catch ; 283)

ISBN 978-626-7118-49-8(平裝)

863.55 111007360

LOCUS

LOCUS